JN204736

異世界冷蔵庫

登場人物紹介
クピ
希少な魔法動物。詳しい能力は、未だ解明されていないらしい。
ライル
センドリア王国の凄腕の騎士。自室のクローゼットが、香澄の冷蔵庫とつながる。
西村香澄
17歳の女子高生。自宅冷蔵庫が異世界につながったことで、ライルと知り合う。

香澄の両親
仕事のため海外在住だが、
離れて暮らす香澄を
いつも気にかけている。
ミニア
異世界の戦場で知り合った女性。
一見、面倒見がよさそうだが……
ルピナ
トーニ
宮廷魔術師長を務めるエルフ。
赤い魔法動物、ルピナの
主人でもある。
アンジェリカ
センドリア王国のトップに立つ、
若き女王。

プロローグ

ここ最近のわたしは、不安と恐怖に苛《さいな》まれていた。

見えない誰かがすぐそばにいるような――そんな薄気味悪さに、常につきまとわれていたのだ。

――だが、今はどうだ。

「ふ、ふふ……」

口から笑いがこぼれる。楽しくて笑っているわけじゃない。この一週間、そんなものとは無縁の生活だったのだから。

「ふふふ、ふふふふ……！」

笑いながら、ぶるぶると拳《こぶし》が震える。

――そう、これは。怒り、だ。

わたしのなかで、燃え盛るマグマのような熱い怒りが生み出されていた。

目の前には、開け放たれた冷蔵庫。

そのなかには、普通に食材や調味料などが入っている。

しかし目の前のそこには、あるべきものが、ないのだ。

わたしが宝物のように扱って、冷蔵庫の真ん中に置いていた大切なもの。それが、ない。

「ふ、ふふ……」

また、笑いがもれる。その一方で、喪失感から涙が頬を伝った。

このときのわたしは、きっと精神状態がおかしかったのだろう。

わたしは、こみ上げてきた衝動のまま天井に向かって、拳《こぶし》を振り上げた。

「わたしのプリン、返せー!!」

わたしの怒りの声が、家に響き渡る。

この怒りがわたしを突き動かし、そして、運命の扉を開くことになるのだった――

1

わたしの名前は西村香澄《にしむらかすみ》。高校二年生の十七歳で、現在は一軒家で一人暮らし中である。

両親は、一年前から海外にいる。父親が仕事で海外赴任となり、父親ラブの母親がついていったのだ。

けれどわたしは一人、日本に残った。

せっかく第一志望の高校に受かり、新たな友達もできたばかりのそのタイミングで日本を離れるなんて、考えられなかったのだ。

なので、一人暮らしをしたいと主張した。朝から晩まで、両親に対してしつこいぐらい粘《ねば》った。

そのおかげか、はたまた近所に母親の妹一家が住んでいたのが一因なのか、結局のところわたしは、日本に残ることを許されたのである。

ラブラブな様子で飛行機に乗った両親を空港で見送ってから、一年。

わたしの一人暮らし生活は、順風満帆《じゅんぷうまんぱん》のはず……だった。

そう、過去形だ。

「……また、ない」

冷蔵庫を開け、わたしは口元を引きつらせる。

夏だというのに肌寒いのは、冷蔵庫を開けたせいだけではないのだろう。

冷蔵庫を閉め、恐る恐る辺りを見渡す。

「だ、誰か、いるの……?」

現在、我が家にはわたししかいないはず。現に、家はシンと静まり返っている。

ぞくりと、背中が冷たくなった。

「えー……、ちょっと、本当に勘弁《かんべん》してよー……」

思わず声が恐怖で震える。さする腕には、鳥肌が立っていた。

わたしは震える足を叱咤《しった》して居間まで歩き、ソファーに腰かける。そしてクッションを抱えて、怖いという思いをやり過ごした。

——冷蔵庫から、物が消える。

現在のわたしが直面している問題がそれだった。

三日前から、冷蔵庫のなかに入れていた物がちょこちょこ消えるようになったのだ。

わたしはパソコンの家計簿ソフトを使い、お金についてのみならず、冷蔵庫の中身もしっかり管理している。

一週間刻みできっちり献立《こんだて》を考え買い物をしているため、冷蔵庫の中身はバッチリ把握していた……のは、先に述べたようにもはや過去形。

三日前の朝、パンに塗るバターを取り出すべく冷蔵庫を開けたら、バターがなかった。箱ごと、消えていたのだ。

まさかうっかり冷蔵庫の外に放置してしまったのかと慌てて探したけど、家のどこにもバターはなかった。

それが始まりで、次の日には缶詰が、そして今日はケチャップがなくなっていた。

「もう……何なの？」

まさか、ストーカーなのだろうか。このわたしに？ それも、冷蔵庫だけを狙って？

そんなストーカー、いるのだろうか。

因《ちな》みに、我が家の合い鍵をもっている叔母さんには最初の時点でそれとなく確認している。しかし、叔母さんは知らないと言っていた。

ならば、どういうことなのか……

「まさか、誰かがうちに住み着いて、る、とか」

言ったそばから、全身を寒気が襲った。

いやいや、いやいや。ないない、ないよ。それはない。

……ない、よね？

「うわっ！ 想像したら、怖いっ！」

クッションをぎゅうぎゅうと抱きしめる。

……どうしよう。

何かした方が良いのかな。

叔母さんに相談……は、ダメだ。すぐさま両親に話がいき、わたしは強制的に海外へ連れていかれてしまうだろう。それは嫌。なんてったって、日本ラブ。それに、海外で暮らす根性はない。

だったら、監視カメラとか……？

「いやいやいや、もったいない！」

両親から生活費をもらっている身としては、無駄な出費は抑えねば！

……いや、無駄じゃないのかも、だけど。

でも、でもなー……その出費は痛い。監視カメラがいくらするのかは知らないけど、絶対高いだろう。

「……どうしたら、いいのさ」

クッションに顔を埋めて、わたしは呻《うめ》いた。


「冷蔵庫のストーカー、かぁ。大丈夫なの、香澄？」

「千尋《ちひろ》～」

学校の教室で、わたしは話を聞いてくれていた友達の千尋に抱きついた。千尋は眼鏡をかけた知的美人さんだ。高校に入っての友達第一号でもある。

「香澄ちゃん、大変だったね」

友達第二号である彩音《あやね》ちゃんが、よしよしとわたしの頭を撫でてくれる。彩音ちゃんはゆるふわ天然パーマの、癒《いや》し系。

「警察とか、あとはほら、近所に住んでるっていう叔母さんには相談したの？」

千尋の言葉に、わたしは首を横に振る。

「警察に言っても、冷蔵庫の中身が減ってるだけだと相手にされない気がして……。叔母さんに言ったら、速攻親にバレる！　そしたら、強制的に日本からさよならになっちゃうー！」

「香澄ちゃんのお父さんとお母さん、心配しちゃうもんね」

彩音ちゃんにわたしは頷き返した。

「でもさ、香澄に危害が加えられる前に何とかしないと」

「ストーカーって、本当に怖いみたいだし……」

「そう、だね」

心配してくれる二人に感謝しつつ、わたしはどうすべきか思案した。


それからさらに二日。特にこれといった解決策を思いつかないまま恐怖と戦っていたわたしを、お隣の田中《たなか》さんの奥さんが訪ねてきた。夕飯も終わり、そろそろお風呂に入るか、というころだった。

「香澄ちゃん、一人暮らし頑張ってるから、私からのご褒美《ほうび》！」

そう言って渡されたのは、何と有名な高級菓子店、シュガーシュガーストロベリーの、プリンだったのだ！

一個千円を超える、お高いプリン様だ。

「い、良いんですか！」

「うん、良いのよー。自分へのご褒美《ほうび》にしてちょうだい」

「は、はい！　ありがとうございます！」

わたしは深く頭を下げて、田中さんの奥さんを見送った。

そして、家のなかに入るとプリンを高く掲げてくるくると回る。

「うわーい！　田中さん、ありがとー！」

シュガーシュガーストロベリーのプリン！　高すぎて手が出せず、今までずっとお店の前を通り過ぎる度に悲しい思いを噛《か》みしめていた。

そのプリン様が、わたしの手のなかに！

「やっほーい！」

浮かれたわたしは、すぐさま冷蔵庫の真ん中に、プリン様を置いた。

明日、学校が終わったら、大切にひと口ひと口味わおう。

あー！　楽しみだー！

わたしはスキップしながら台所を後にした。

――そう。このときのわたしは、今この冷蔵庫に起きている異変をすっかり忘れていたのだ。

明日、プリンを食す。

それしか、頭になかったのである。

翌日、帰宅したわたしを待っていたのは――絶望だった。

「……ない、ない、ない、なーい！」

何度も冷蔵庫のなかを見回す。しかし、何回確認しても、そこにプリン様の姿を発見することはできなかった。

「は、はは……っ」

乾いた笑いとともに、台所の床に座り込む。プリン様が、ない。

――いや、なくなったのではない。奪われたのだ！　冷蔵庫の、ストーカーに！

その事実は、絶望のなかにいたわたしに、怒りの炎をつけた。

「わたしのプリン、返せー!!」

天井に向けて叫んだのを皮切りに、散々わめいた。そしてふらふらと立ち上がる。今のわたしに、冷蔵庫ストーカーへの恐怖は、ない。あるのは、燃えたぎる怒りのみだ。

ずしんずしんと地響きを起こすかのように床を踏みしめ、ノートパソコンの置かれている居間を目指す。

無言でテーブルの上のノートパソコンを立ち上げたわたしは、高速で手を動かした。開くのは、近所にある家電量販店のホームページ。

そこに「家庭用監視カメラ」と打ち込むと、ずらりと商品の画像が並んだ。

「高い！　しかし、買う！」

即決だ。

「生活費は大切に」をスローガンに掲げているる節約家たるわたしを黙らせるほどの怒り。

わたしは、戦うと決めたのだ。

奪われたプリン様は、もう帰ってはこない。ならば、犯人を特定し、確固たる証拠を掴み警察に突き出して、仇《かたき》を取るのである。

「撮った画像をパソコンで再生！　これに決めたー！」

叫ぶとわたしは立ち上がり、財布を手に家電量販店へと向かった。

待ってろよ！　暫定《ざんてい》ストーカー！


「……どういうこと？」

監視カメラを設置してから二日。学校から帰宅したわたしは、パソコンの前で困惑していた。

先日購入した監視カメラは、人に反応して録画するタイプだ。

そして、この二日間。冷蔵庫の中身は減っていた。だから、録画した映像のなかに犯人が映っているはず、だったのに。

「……わたしの姿しか、映ってないじゃん」

そう、監視カメラはちゃんと録画していた。でも、映っているのはわたしだけなのだ。

他には誰も映っていない。

「……やだ、ますます不気味だよ」

パソコンの電源を切り、鳥肌の立った腕をさすりながら台所に向かう。

今晩の献立《こんだて》を書いたボードのかかった冷蔵庫の前に立ち、勇気を出して、冷蔵庫を開けた。

「……卵が一個、ない」

天井を見る。監視カメラは、わたしに反応してか赤いランプを灯《とも》している。監視カメラは正常だ。

なのに、さっきの再生でも卵を奪った犯人は映っていなかった。

「えー……、夏だからって、ホラーとかホントかんべんしてよー」

冷蔵庫を開け放したまま、強く腕をこすった。

幽霊とかのオカルトは苦手なのだ。心霊番組とか、絶対観れないし。

いや、待て。

幽霊は、物を食べないよね？

つまり、冷蔵庫の中身が減っているのは幽霊が原因ではない、はず。うん、きっとそうだ。そうだよ。

「――なら、誰の仕業《しわざ》？」

そう、やはりそこに行きつくのだ。

誰かが冷蔵庫から食材を持ち出しているのは確かなのに、記録には残らない。

完全に手詰まりだ。どうしたらいいのだろうか。

「……まさか、冷蔵庫のなかに人が？」

いやいや、それはないだろう。冷蔵庫に妖精さんがいるとか、そんなのないよ、ない。

オカルトじゃなくファンタジーなんて、そんなこと。なんて思いつつも、あまりの不可解さに、わたしが完全に妖精さん疑惑を否定しきれずにいたときだった。カタン、と音がしたのは。

音は、冷蔵庫のなかからした。

反射的に、冷蔵庫を覗き込む。

「あ……」

「え……」

何故《なぜ》か声がハモる。ハモった相手の声は、よく通る男性のものだった。

――そう、男性。

なんと冷蔵庫の奥の壁が消えていて、そこにぽっかりと空間が空いていたのだ。

向こう側から覗く、透き通った碧眼《へきがん》をもつ男性。風呂上がりなのか濡れた金色の長い髪を、肩から流している。ついでに色気も満載だ。男性だけど。

そう、美形男性だ。物凄《すご》い美形が、食材を挟んで私を見ている。

「だ、誰……？」

「あ、貴女こそ、どなたでしょう……？」

疑問に、疑問で返されてしまった。


それからしばらくの間、わたしたちは無言で見つめ合った。

あまりの異常な事態に、思考がフリーズしてしまったのだ。でも、もしかしたら理由はそれだけではなかったのかもしれない。わたしは、冷蔵庫の奥から顔を覗かせている男性の美しさに見惚《みと》れてしまったのだ。――悔しいことに。

「あ、貴方……どろぼ――」

ようやく頭が回り始め、思わず叫ぶ――というところで、男性が大声を出した。

「神……、ああっ、我が神よっ！」

「……は？」

か、神……？

男性は何か眩《まぶ》しいものを見るかのように、碧眼《へきがん》を潤《うる》ませた。

「この叡智《えいち》の結晶を思わせる箱の向こうにいらっしゃる貴女様は、神なのですね！」

「え、あの……？」

この美形泥棒は、何を言ってんの？

あっ！　手にもってるの、うちの卵だ！　近所のスーパーのシールついてるもん！

「貴方っ、その卵……」

「おおっ、神よ、神よ！　……我がセンドリア王国に、陛下に慈悲を！」

「は、セ、センド……？　陛下？　何を、言って……」

突然テンションの上がった男性に、わたしは目を白黒させるばかりだ。

「あの、卵……」

「情けないですが、私は陛下に振り回されてばかりで……。真に陛下のお力になれているとは言い難《がた》く」

えっと、王政の国なのかな。センドなんとかって。そんな国、あったっけ……？

「あのっ、貴方……」

「名も知らぬ神よ、我らが崇《あが》める主神エルフィントスは、我が国をどのようにお考えなのでしょう」

「エ、エル……？」

また知らない名前が出た！

「ま、魔法!?」

「我らは主神のお考えを守り、日々魔法の研さんも欠かしてはおりません」

「はい。魔術師たちは日々を魔法の研究に費やし、主神から頂いたお力を高めています」

ど、どうしよう。言っている意味が、全然わからない！

「あ、あのっ、貴方。わたしの話を……」

「神よ。我が祈りを捧げます」

金髪の男性は、わたしの話をまったく聞いてくれない。

そして何を思ってか、卵をもっていない左手を胸に当てると、目を瞑《つぶ》ってしまう。

「――神々よ、長き御代《みよ》を天空神殿にて見守ってくださることを、深くお礼申し上げます」

金髪の男性が厳《おごそ》かな様子でそう言うと、男性の体が淡く光り始めた。

「主神エルフィントス。そして我が目の前におられる名も知らぬ神よ。我らに慈悲を賜《たまわ》りたい。我が国に、陛下に、栄光あれ」

言い終わると、金髪の男性を包んでいた光は粒子となり、天へと昇っていった。

「……イリュージョン？　手品？　何なの？」

消えていく光の粒子を呆然と見送り、わたしは混乱のままそう口にした。

金髪の男性が、不思議そうにわたしを見る。

「神よ、いかがなされたのです？　もしや、私の祈りに不備が……」

「今の、何⁉」

わたしは冷蔵庫のなかに身を乗り出した。

「は……？　何、とは……？」

「だから、今光ったやつ！　あれ何⁉」

人間が光るなんて、初めて見た！　この人、おかしいよ！

きっと何か、からくりがあるはず。そ、そうでなきゃ、何なのさ！

「今のは、私の祈りにマナが反応したのです。神々に祈りが届いた証《あかし》ですが……」

「神々⁉　マナ⁉」

「え、ええ。おわかり頂けたでしょうか？　マナが届けた私の祈りを」

「わからないよ！　わたし、神様じゃないし！」

わたしの叫びに、金髪の男性は目を見開いた。

「神では、ない？」

「そうだよ！　ねえ、今の光、手品なんでしょう？　何か仕掛けがあるんでしょう？」

縋《すが》るように言えば、金髪の男性はとんでもないと頭を横に振った。

「神をたばかるなど、許されません！　私の祈りは本物です。――てじな、とは何なのです？」

逆に問いかけられ、わたしの混乱は増すばかりだ。

「手品は、仕掛けがしてあるえっと……遊び……っていうか遊戯《ゆうぎ》だよ！　物が消えたり、人が消えたりするやつ！」

「それは、魔法の領域です。今の私のは、純粋なる祈りで、魔法ではありません。神々から頂いた力に仕掛けをして、人をたばかるなどするはずがありません」

金髪の男性の真っ直ぐな目に、わたしはたじろぐ。

「じゃ、じゃあ。魔法があること自体が、嘘なんでしょう？」

わたしのキャパは、完全にオーバーしている。

金髪の男性は、訝《いぶか》しげにわたしを見た。

「本当に神では、ないのですか？　私をお試しになっているのではなく？」

「違うってば！　本当にわたしは神様じゃないもの！」

力いっぱい否定すると、金髪の男性は窺《うかが》うように口を開く。

「……見てみますか？」

「え……？」

「魔法を、です。私は陛下の剣。近衛騎士《このえ》です。近衛《このえ》は剣の腕だけではなく、魔法の素質があることも必須ですから」

騎士……？

この人、職業は騎士なの？　完全にファンタジーじゃん。

金髪の男性は、左手を胸から離すと私に見せるように開いた。

「神より授かりし、叡智《えいち》の光よ。今、顕現《けんげん》せよ」

金髪の男性が呪文のようなものを唱《とな》えると、その手に再び光が集まり、そして明かりのような光が灯《とも》った。

わたしは驚きから、何も言葉が出てこない。そして、本能的な部分で悟る。

――ああ、これ、手品じゃないや。

金髪の男性が起こしたのは――奇跡だ。

「簡単な光魔法ですが、夜に重宝《ちょうほう》するのですよ」

そう微笑みかけられ、わたしは両膝を床についた。

「は、はは……」

乾いた笑いしか、出てこない。

金髪の男性の灯《とも》した光には、確かな「意思」が込められていた。意思のある力――魔法。それを目《ま》の当たりにして、わたしの必死の抵抗は降参という形で終わりを告げた。

もう、認めよう。

目の前の男性は、魔法が使えて、騎士様で……ファンタジー世界の住人なのだ。

「……もしかして、こっちとそっちで世界が違う、とか？」

目の前にいるこの金髪の男性に、地球とか日本とか、はたまた電気とか科学とかの話をしても、きっと通じないだろう。だって、魔法が実在する世界の住人なんだもの。

「あの……？」

金髪の男性が困ったように笑いかけてくる。

優しさに満ちた笑みに、男性の人間性を見た気がする。――泥棒だけど。

まあ、異なる世界の住人相手じゃ、警察に言っても意味がないよね。

というか、冷蔵庫の奥の壁が開いた時点で色々おかしかったのだ。

「……あの、本当に神ではない、のですね。であれば――お嬢さん。この状況は、一体何なのでしょう？」

不思議そうな顔をする金髪の男性に、わたしたちの世界は別次元にあるのだと、どうやって説明すべきなのか。

いつの間にか、わたしはこの異常事態を受け入れていた。


「わたし、西村香澄。香澄が名前だよ」

何とか金髪の男性に、今がいかに異常なのかと説明を終えたわたしは、食材泥棒改めファンタジー世界の騎士さんに、精神的な疲れを隠しながら名乗った。

「カスミさん、ですね。私は、ライル・イグゼノスです。ライルでいいですよ」

「……じゃあ、わたしも香澄でいいよ」

そう言えば、ライルさん……ライルはにっこりと微笑んだ。

「ええ、カスミ」

美形なライルの笑顔が眩《まぶ》しくて、わたしはちょっと恥ずかしくなる。それをごまかすように、早口で尋ねた。

「ライルは、なんで食材をもっていったの？」

「う……！」

ライルは小さく呻《うめ》いた。うん、罪悪感はあるようだ。彼は不自然に視線を逸らすと、気まずげに口を開いた。

「ち、知的欲求には、勝てなかったと言いますか……」

「つまり、好奇心で冷蔵庫から食材を盗んだんだね」

「ぬす……、いえ、はい」

ライルって、見た目に反して食いしん坊なのだろうか。わたしがもしライルの立場なら、不可思議な現象を前にして、きっと凄《すご》く混乱するだろう。そして、いくら目の前に現れたとはいえ、見知らぬ物体を食べようなんて思わないと思うんだけど……

「友人に解析してもらい、安全性を確かめてから……食べました」

「そう……」

どうやら、警戒心はそれなりにあるみたいだ。

冷蔵庫の向こうで、ライルが頭を下げた。

「他人様の物を盗むなど、騎士として恥ずべきこと。カスミ、本当にすみませんでした」

謝罪するライルは、悲壮感に溢《あふ》れている。反省の色は濃いようだ。

騎士だと言っていたから、責任感とかもありそうだし……あんまり責めすぎると、思いつめてしまうかもしれない。そこまで追いつめる気はないし――

うーん、仕方ない！

「今回は、新たな隣人に差し入れしてた、ってことにするよ」

「カスミ……！」

顔を上げたライルが、信じられないといった風に両目を見開いた。

自分でも甘いとは思うけど、ライルは充分反省しているようだし、取ったものも安いものばかりだし……ん、安い？

「あーー！」

「カ、カスミ？　やはり、私のしたことを怒って……」

「いや、違う！　あれ？　違わなくはないけどっ、もう許すって言ったし！　ただ、大事なことを思い出したのっ！　重要なこと！」

「重要なこと……」

わたしは、ライルをびしりと指差した。

「プリン！」

「ぷりん、ですか？」

「そう！　ライルが二日前に、冷蔵庫から取ったはずのプリン！　……美味《おい》しかった？」

そう、シュガーシュガーストロベリーのプリン様を忘れていた。彼《か》の存在が、わたしを突き動かしたというのに！

ライルは困ったように首を傾げた。

「二日前と言いますと――あっ。透明な容器に入っていた？」

「そう、それ！　味はどうだった⁉」

もう、取ったことは責めるまい。でも、食べられなかったのだから、せめて感想は知りたい。そう思って聞いたわたしに対し、ライルは気まずげに俯《うつむ》いた。

「……すみません、カスミ」

「なんで、謝るの？」

「いえ、ぷりんなるものを、バターのようなものだと思い……」

ライルの口振りから、嫌な予感がした。彼はプリン様を、どうしたのだろう。

ライルは、まるで神様に懺悔《ざんげ》をするかのように両手を組み、わたしを見た。嫌な予感、倍増。

「シチューのなかに、投入、しました」

「何たる食への冒瀆《ぼうとく》！」

しまった、ショックのあまり変なことを口走ってしまった！

いや、だって、シチューに投入って。シチューだよ？　プリンの神様がいたら、凄《すご》く怒るよ！

「騎士寮で異臭騒ぎになり、そのシチューは、廃棄されました……」

「食べられてすら、なかった……！」

わたしは絶望した。シュガーシュガーストロベリーのプリン様は、悲しい末路を辿ったのだ。虚《むな》しくて、涙も出ない。

しばらく身動きできなかったけれど、なんとかよろよろと冷蔵庫に手をかけた。

「ライル」

「は、はい……！」

きっと彼には、絶望したわたしが幽鬼《ゆうき》のように見えただろう。ライルの世界にそういうのがいるのかは、わからないけれど。

わたしは冷蔵庫のなかに右腕を入れ、手のひらを広げた。

「……とりあえず、卵、返して」

「わ、わかりました」

わたしとライルの、初の異世界交流の顚末《てんまつ》はこんな感じだった。

うん、まあ。卵だけでも返ってきて、良かった。

——そう思うことにしよう。


翌日、目覚ましの音で覚醒《かくせい》した。

いつもの朝だ。

布団から出たら顔を洗い、朝食の準備をして、それから新聞に入っているスーパーのチラシを見るのだ。テレビからは、今日は晴れると明るく言うお天気キャスターの声が聞こえてくる。

「お、今日は卵が安い！」

目玉焼きを乗せたトーストをかじりながら、わたしは声を弾ませた。

「今日もバイトはないし、学校から直行かな」

そして牛乳を飲む。うん、特濃は美味《おい》しい。

ふと、かじりかけの目玉焼きを見て、わたしは昨夜のことを思い出した。

「……ファンタジーの騎士様、か」

ライル・イグゼノス。卵を取り返したあと、わたしは彼に色々尋ねた。そこから得た情報によると、ライルは二十歳だそうだ。育ちの良さがにじみ出る、物腰の柔らかい人。

「綺麗な人、だったな……」

アイドルや俳優もびっくりな美形さんだ。

「あんな人と、友達になっちゃったんだ」

——友達。そう。何故《なぜ》かわたしたちは、友達になってしまったのだ。そしてこのまま、交流を続けることにした。

異なる世界が繋《つな》がったのは神のお導きであり、きっと運命なのでしょう、とライルに綺麗に微笑まれ、友人になりたいという彼の願いを断れなかったのだ。

まあ、わたし自身ファンタジー世界の友達という響きにときめいてしまったということは否定できない。知り合って間もないうえ、出会いはあんなだったけど、でも、ライルは優しい人なんだと話していてわかったから。優しい人は好きだ。

つらつらとそんなことを考えながら、壁にかけられた時計を見る。

「あっ、そろそろ支度《したく》しないと！」

わたしは朝食をすませると、学校指定の鞄にスーパーのチラシをしまい込んだ。

制服に着替え、施錠もしっかりして家を出る。

電線の向こうに見える空は、新たな友達のせいか、何だかいつもよりも輝いて見えた。

◆◆◆

運命の扉が開いたのは、今から八日前のことだ。

私、ライル・イグゼノスは女王陛下の剣である。

我がセンドリア王国は大国でこそないが、肥沃《ひよく》な大地を有し、広大な海と面している、資源に恵まれた豊かな国だ。

そんな我が国だが、先代国王が昨年崩御《ほうぎょ》されたことで、落ち着かない状況が続いている。

第一王位継承権をもつアンジェリカ王女が即位されたものの、国内はまだ混乱しており、中枢《ちゅうすう》も盤石《ばんじゃく》ではない。

私は、アンジェリカ女王陛下から、近衛《このえ》騎士を拝命していた。その日から、陛下の為に少しでもお力になろうと決意していた、のだが……。

陛下を守る我が役目は、大変な栄誉であると同時に試練ともなった。

陛下はとにかく、無茶をおっしゃる。

「ライルよ、早馬を出せ！　ルーゼル砦《とりで》を視察するぞ！」

そう命が出たのならば、陛下をお守りする精鋭を集め、そこが辺境の地だろうが即時赴《おもむ》く。

「なに、妾《わらわ》の侍女に無体を働く輩《やから》がいるだと？　ライル、すぐさま成敗して参れ！」

そう陛下が義憤《ぎふん》に駆られれば、勅命《ちょくめい》のもと悪徳貴族を捕らえる。そんな貴族連中に、牢屋のなかで延々と説教するのは苦痛だった。

陛下に問いたい。私の剣は、本当に必要なのかと。

「……今日など、深夜まで猫を探し回りましたし」

疲れ切って騎士寮の自室に戻った私は、壁に背を預けると顔を覆《おお》った。陛下、ご自分の猫の管理ぐらいご自身できちんとしてください。

真っ昼間から夜遅くまで、近衛《このえ》が揃いも揃って猫の名を呼びながら地べたを這《は》いずり回るなど、他に示しがつかない。

陛下の猫は飼い主に似て、たいそう活発であった。華麗に調理場を荒らし、我らの手をかい潜《くぐ》り、城の庭園をめちゃくちゃにしていた。庭師の悲痛な叫びが今も耳に残っている。

てしてしと、泥にまみれた花々を踏みにじる猫の顔ときたら――。臣下に無理難題をふっかけるときの陛下にそっくりだった。ああ、胃が痛い……

ふらふらと壁から離れ、私はベッド横の棚に向かった。小さな棚の上には籠《かご》が置いてあり、なかには白い毛玉が入っている。

毛玉から聞こえる「ぷすぷすー」という呼吸音。その都度、毛玉は上下に動く。

「ふふ」

毛玉の様子に気が緩《ゆる》み、体から力が抜けた。ああ、毛玉に癒《いや》される。

しばらくの間毛玉を見てから、着替えを取るために衣装棚へと向かう。

深夜まで働いた体は汗臭い。自室にある浴室で汗を流し、今日はもう眠ろう。

そして朝を迎えたら、頑張ればいい。

だが、そう思ってはみても、明日にはまた陛下から無茶振りをされるのだろう。あの方は、まったくもって懲《こ》りないのだから……。晴れない気持ちのまま、私は衣装棚の取っ手を掴んだ。が、すぐさまその手を引っ込める。

「取っ手が、冷たい……？」

銀でできた取っ手が、ひんやりと冷気を帯びていたのだ。

今、季節は初夏。取っ手がこれほどまでに冷たくなる理由はない。

不可解に思いはしたが、心身ともに疲弊《ひへい》していた私は今の感覚を気のせいだと思い、再び衣装棚の取っ手を掴んだ。そして、扉を開く。

「えっ……!?」

飛び込んできた光景に、目を見開いた。

衣装棚のなかは、光に溢《あふ》れていたのだ。しかも、ひんやりと冷気を発している。

私の衣装棚のなかは――明るく冷たい箱へと姿を変えていた。

呆然としたまま、無意識に手を伸ばす。そこに、魔法による罠《わな》などはないようだ。すんなりと手が入る。

並んだ見知らぬもののなかから、私は固い紙でできた箱を取り出した。

「……この模様は、文字、なんでしょうか？」

ツルツルした紙に、色鮮やかな模様が描かれたその箱に、何だか惹きつけられた。

私は一度扉を閉め、そしてまた開ける。やはり衣装棚のなかは、冷たい箱のままだった。

「……私の服は、どこへ？」

このときの自分は、本当に疲れていたのだ。


それから、数日。衣装棚が冷たい箱になったという異常事態に、私は慣れつつあった。

最初のときに冷たい箱から取り出したものは、魔術師の友人に渡し、解析してもらっていた。

未知なる物体に、何か凄《すご》い結果が出るのではと身構えていたのだが――

友人はけらけらと笑いながら、こう言ったのだ。

「これ、食いもん！　しかも、けっこう上等な品っぽいぜ」

開封された四角い箱の中身は、このバターだと言う。

若干拍子抜けしつつも、私はそれをパンにつけてみた。そして、口に入れる。危険なものならば解析をしてくれた友人が止めてくれるはずだから、止めなかったのならば、食べてもいいということだと解釈したのだ。

「……こ、これは」

固いパンを前に、私は呻《うめ》く。まずかったからではない。

美味《おい》しかったのだ。とてつもなく。

いつも食べているいる味気ないパンが、バターを塗っただけで、まるで王族が食べる上等なもののようになった。

「凄《すご》いですね、これは……」

バターの入った不思議な材質の容器を見ながら、私はため息をついた。

このとき私は、この冷たい箱が神の業《わざ》によるものなのかもしれないと思ったのだ。

「ぷきゅる、ぷきゅー！」

同じテーブルの上で果実をかじっていた毛玉が、私のそばに寄ってきた。

「クピも食べたいのですか？」

「きゅ！」

毛玉——クピは、体を震わせた。

クピは魔法動物で、とても希少な存在である。真っ白でふわふわの体に、つぶらな目。細い手足と、小さな羽根がある。

友人から譲り受けたこの生き物は世話が楽なので、忙しい私でも飼うことが可能だ。

バターをスプーンで掬《すく》り、クピに差し出す。クピはすぐさまスプーンに飛びついた。そして、ペロペロと必死な様子で舐める。どうやらクピも気に入ったようだ。

「美味《おい》しいですか？」

「ぷきゅっ」

ぶるぶると体を震わすクピ。これは肯定だ。

クピの話す言葉はわからないが、態度で、だいたいの意思の疎通は可能だ。そして、私の話す言葉を、クピは完全に理解している。

「それは良かったです」

「ぷきゅる、ぷきゅる！」

クピは飛び跳ねて、お代わりを催促《さいそく》する。とても気に入ったらしい。決して、私が普段良いものを食べさせていないわけではない。断じてない。

こうして、クピと私は、心ゆくまでバターを堪能《たんのう》したのだった。

それからの私は、多少の後ろめたさを感じながらも、冷たい箱からものを取り出すことを止められずにいた。

冷たい箱の中身は、美味《おい》しい食材で溢《あふ》れていたからだ。

丸くて固い箱のなかには、冷たい果物が入っていた。柔らかく動く透明の容器に入った赤色のソースは、玉子料理に良く合った。

そう。私は冷たい箱を満喫していたといっても良い状態だったのだ。

冷たい箱と邂逅《かいこう》して、八日目。私は、卵を片手に衣装棚の扉を見ていた。

この卵は今、冷たい箱から取り出したものだ。これもきっと、美味《おい》しいのだろう。

一度扉を閉めて、衣装棚を見つめる。

この箱はまさしく、神から与えられたものなのだろう。もしかしたら、陛下に日々翻弄《ほんろう》されている私への、少しのねぎらいなのでは――。私はそう思うようになっていた。

「……ただ、二日前のものは失敗でしたね」

冷たい箱の真ん中に置かれていた、透明な容器に入ったクリーム。

てっきりバターの仲間だと思いシチューに入れたら、大変なことになった。

シチューが甘すぎる異臭を放ちはじめたのだ。おかげで騎士寮は大騒ぎだった。クピまで部屋の隅《すみ》で怯《おび》える始末。

「……気をつけなくては」

あのときの騒ぎを思い出し、私は深々とため息をついた。そして卵を手のなかで弄《いじ》りながら、再び衣装棚に手をかけた。他に良い食材がないかと思いつつ。

だが――

「だ、誰……？」

冷たい箱の向こうにいたのは、艶《つや》やかな夜を思わせる髪に、漆黒の無垢《むく》な目をもつ少女だった。

「ラーイール！　起きてるかー！」

冷たい箱を介して新たな友人を得、明けた朝。何だか気持ちがふわふわする。思わず笑みを浮かべていると、自室の外からのんびりとした声がした。

トーニだ。トーニは長命であるエルフ族の青年で、外見は私と同じくらいに見えるが、実際の年齢はもう本人にもわからないらしい。宮廷魔術師長という陛下に信頼される凄《すご》い立場にいながら、私に何故《なぜ》か気安く接してくれる。いつしか私も彼を頼るようになっていて、今ではすっかり仲の良い友人として付き合っている。そんな得難《えがた》い友なのだが、仕事はどうしたのだろうか。因《ちな》みに私は、本日は休みだ。

「起きてますよ。入ってください」

「おーはよー！」

トーニは片手を上げながら入室してきた。

長くて綺麗な銀髪は、所々はねてぼさぼさだ。トーニは、自身の身だしなみを気にしない。エルフならではの恐ろしいほどの美貌でありながら、外見には非常に無頓着《むとんちゃく》だ。頭にはクピと同種の魔法動物である赤い毛玉を乗せている。

実はクピは、このトーニから譲り受けたのだ。トーニは仕事柄、たくさんの魔法動物と触れ合っている。そのなかの一匹が、クピだった。当のクピはというと、籠《かご》のなかでのんきに眠っている。トーニは、宮廷魔術師長の証《あかし》である白いローブを着ていた。やはり今は、仕事の時間のようだ。

「研究はどうしたんですか？」

「あー、抜けてきた！」

「……またですか」

トーニは魔法の天才だ。だが、仕事が好きというわけでもない。

どうやら先代国王に大きな借りがあるらしく、即位して間もない女王陛下を心配して、という名目で、センドリア王国に滞在し続けてくれているのだ。本当ならば、一つの国に縛られず、自由気ままに旅に出たいのだと以前こぼしていたことがある。

しかし、トーニは現在の我が国において重要人物。彼を欠いては、国は成り立たない。だからせめて、陛下の御代《みよ》が安定するまではいてほしい——それが、私の思いだ。それに、この自由でありながら深い叡智《えいち》をもつ友人と別れるのが寂しい、という気持ちもある。

頭に乗る毛玉をわしわしと撫でるトーニを見つめた。

「……トーニは、旅に、出たいですか？」

毛玉を手に乗せ椅子に腰かけた彼に、無意識にそんなことを尋ねていた。

一度声にしたものはなかったことにはできない。だけど友人の答えを聞くのが怖く、目線を手元に向けてしまう。

「旅かー。今は、いいよ」

「え……？」

あっさりと言われた言葉に目を瞬《またた》かせ、私はトーニを見た。

彼は、にっと口の端を上げる。

「だってさ、アンジェリカはまだまだ未熟だしさぁ。俺いないと、大変だろ？　それにライルっていう友達が、最近面白いことに巻き込まれたじゃん。当分は飽きないな！」

「トーニ……」

「そんな顔すんなって！　お前らが生きているうちは、この国のために働くから！」

だから死ぬなよ、とトーニは笑った。

私たち人族より遥かに長生きするエルフの民。私たちは、確実に彼より先に生を終えてしまう。

それを思うと、胸が痛んだ。

そんな思いが表情に出てしまったのか、トーニは苦笑いを浮かべた。

「だから、辛気くさい顔するなって！　お前らの生は、まだまだ長い！　俺は、そんな生を大事にするぜ」

「……ええ、そうですね」

トーニの気持ちが嬉しい。素直に彼に同意した私を見ながら、トーニは腕を組み、うんうん頷いている。

「人間は素直で正直なのが一番だな！　うちんとこの魔術師たちにも見習わせたいぜ」

「私は、そんな……」

「いーや、ライルは正直者だ。それでさ、俺が部屋に入ったとき、なんか嬉しそうだったけど。何かあっただろ？」

「そ、それは……」

嬉しいことはあった。

そう。友人が増えたのだ。それも、異なる世界に住む人間だ。

カスミ。

艶《つや》やかな黒い髪に、無垢《むく》な目をもつ少女。初めて見たとき十四、五歳だと思ったのだが、十七歳だという。

彼女のことを思い出していると、トーニの小さく笑う声が聞こえた。

「やっぱり、良いことあったんだろ。なあなあ、何があった？」

青い目をキラキラと輝かせ、私を見つめるトーニ。完全に好奇心に支配されている。こうなった彼は、私が白状するまで追及の手を緩《ゆる》めないだろう。

「黙秘は……」

「ダメに決まってるだろ。さあさあ、白状しろ！　あの不思議な箱関連なんだろ！　そうに決まっている！」

身を乗り出した友人を見て、私はそっとため息をついた。

◆◆◆

ふっふっふ。

スーパーの特売品売り場で、わたしは勝ち誇っていた。

今日は戦利品がいっぱいだ。あー、カゴが重い！

今日はお味噌汁《みそしる》が食べたい気分だからと、わかめを買ったのだ。なんとタイミングの良いことに、本日乾燥わかめが大安売り！　二袋も買ってしまった。

豆腐もお得な値段だった。ツイてる。今日のわたし、ツイてる！

お安い卵も、もちろんゲットした。気分は最高だ。

「監視カメラで余計な出費しちゃったからね。他で節約しないと！」

まあ、ライルと友達になれたから心情的にはプラスだと思おう。友達が増えるのは、良いことだ。うん。

でも家計はしめていかないとね。

「おお、お味噌《みそ》も安い！　けど、まだ残りあるしなぁ」

そんな風にスーパーをうろついて、わたしは買い物を満喫したのだった。


我ながら美味《おい》しいお味噌汁《みそしる》を作り出し、主食の親子丼《どん》とともに堪能《たんのう》して夕食は終わった。

美味《おい》しいご飯は、世界を綺麗に彩《いろど》るのである。

食後に居間でまったりしていると、携帯電話がメッセージの通知を知らせた。千尋からだ。

『今日の香澄、機嫌良かったみたいだけど。例の件は大丈夫なの？』

しまった！

例の件とは、冷蔵庫のストーカーのことだろう。わたし自身色々あったから、千尋と彩音ちゃんに話すの忘れていた。

『あれ、わたしの勘違いだったみたい。合鍵もっている叔母さんが最近出入りしてたみたいで……。報告遅くなってごめんね！』

そんな風にメッセージを返す。叔母さん、なすりつけたみたいでごめんなさい！

似たような文面を、彩音ちゃんにも送る。

二人からはすぐさま、安心したとメッセージが返ってきた。二人の優しさに、涙腺《るいせん》が緩《ゆる》んでしまう。

「ありがとう」

そう呟いて、わたしは携帯電話を目の前にあるテーブルに置いた。わたし、友達に恵まれているなあ。

そう実感したあと、軽い緊張状態になる。何故《なぜ》なら……

お風呂は帰宅後すぐに入ったので、今のわたしはほかほかの部屋着姿。しかし、ちょっとだけ気合いを入れた部屋着だ。

「……もうすぐ、八時か」

お笑い番組を映すテレビを見つつ、わたしは壁の時計をちらちらと確認していた。

いや、その――ライルと、約束をしたのだ。

ライルの世界も、一週間は七日で、一日の時間は二十四時間だという。

そこで、わたしの方では夜の八時に、ライルと会話すると約束したのである。

ライルの世界では、闇《やみ》時間の八の刻《こく》というそうだ。呼び方がファンタジーで、テンションが上がったけど、それはライルには秘密だ。

ライルは近衛騎士《このえきし》として、夜間でも仕事をする日があるらしい。勤務日程も、変則的なようだ。

今日は水曜日で、タイミングよくライルは休日だという。相互理解を深めるにはうってつけだ。

昨日は混乱のあまり、色々聞き逃しちゃったけど――。一晩を経て、多少は落ち着くことができたわたしはライルの世界に興味が湧いていて、八時になるのを楽しみにしているのだ。

だって、ファンタジー世界だよ？　漫画や小説やテレビのなかでしか知らない魔法が、本当に存在しちゃうんだよ？

意味もなく番組を変えたり、ソファーから立ったり座ったりを繰り返す。わたし、そわそわしすぎだ。

「……シャンプー、フローラル系のやつにすれば良かったかな」

今日使ったのは、ライムミントの香りがするやつだ。

……いや、何を考えているんだ。

わたしは、友達とおしゃべりするだけなんだから。その相手が、かなりの美形で紳士な騎士様なだけで……騎士様って、上品な女性と会ったりするよね？

いや、ライルは誰かと比べたりするような人じゃないと思う。

そうだ、そうだ。わたし、平常心だ！

ふと時計を見れば、八時まであと一分になっていた。

「時間だ！」

テレビを消して、台所へと向かう。そして、冷蔵庫の前に立つと、すーはーすーはーと深呼吸をした。

「……よし！」

高鳴る胸とともに気合いを入れて、冷蔵庫を開ける。そして、なかを覗き込み……固まった。

「やっほー」

のんびりとした声とともに、ひらひらと手を振る男性。

………ライルじゃない。

ライルはさらさらの金髪だけど、今向こうにいる男性は、毛先が薄く青みがかった銀髪だ。寝癖なのか、所々はねている。そして頭には、何故《なぜ》か赤い毛玉を乗せていた。

顔立ちは、かなりの美形だ。完全なシンメトリーで配置された宝石のように美しい青い目に、薄いけど形の良い唇。

そんな美形がにっこにこ笑って、わたしを見ている。

だけど、いくら愛想良くされても、彼はライルじゃない。

「ど、どど、どちら様ですか……？」

冷蔵庫の扉に身を隠し、顔だけを出して恐る恐る問いかけた。

「あれー？　警戒されてる？　おーい、ライルー。お嬢さんに怖がられちゃったよー」

銀髪の男性は、後ろを向いてそう叫んだ。え？　今、ライルって言った？

「あっ、トーニ！　何勝手に開けているんですか！」

「いや、だって。お前、風呂長いんだよ。話に聞いたお嬢さんを待たせたら、悪いと思ってさー」

「だからって……」

「そんなに怒るなよ」

ライルの声が聞こえて、緊張で固くなっていた体から力が少し抜ける。ライルの話しぶりからすると、この男性はライルの知り合いのようだ。

銀髪の男性が横に移動して、代わりにライルが現れる。

「ライル……」

わたしはホッと息をはき、冷蔵庫の扉から体を出した。良かった、冷蔵庫が知らない人の部屋と繋《つな》がっちゃったのかと思ったよ。

髪を湿らせたライルは、申し訳なさそうに眉を下げている。

「すみません、カスミ。彼は私の友人で、トーニというのですが。貴女の話をしたら、会いたいとしつこくて……」

「わたしのこと、話したんだ」

ちょっと言葉がきつくなる。

わたしはライルのことを皆には秘密にしているのに、ライルが誰かと秘密を共有してしまったことが何となく嫌だったのだ。

わたしの苛立ちに気づいたのか、ライルは慌てたような口調で言った。

「話したのは、彼にだけです！　ほら、食材の解析を頼んだ宮廷魔術師長が彼なんですよ。だから、彼には話すしかなくて。すみません……」

真摯《しんし》に謝られては、許すしかない。それに宮廷魔術師長という単語で、わたしはあることを思い出したのだ。

「宮廷魔術師長って、確かエルフだって……」

そう、エルフだ。ライルが宮廷魔術師長はエルフ族だと言っていた……気がする。

「うん、そう。俺、エルフだよー。ほら、耳尖《とが》ってるでしょ」

銀髪の男性が、ライルの脇から顔を出した。自分の耳を引っ張ってわたしに見せてくる。

「耳、長い……！」

「うん、エルフだからね。なになに、エルフ初めて見た？　それとも、そっちの世界にエルフはいないの？」

わたしは言葉にならず、ただこくこくと頷くのみだ。

「そっかー、エルフいないのか。……うん、そっちから流れてくる空気にもマナは感じないし、本当に違う世界ってことか」

そこまで言って、銀髪の男性は目を輝かせた。

「あの、えっと。トーニさん」

「トーニでいい。ライルのことも呼び捨てだろ？」

「は、はい！」

「かったいなー。いいよ、いいよ。敬語いらない。俺、そういうの好きじゃない。まあ、立場上こっちの世界ではわがままは言えないけど、カスミは世界が違うからな」

「う、うん。わかった」

トーニは偉い人なんだろうけど、何だろう、なんか大ざっぱな人……エルフだね。

「さーて、自己紹介もすんだことだし。カスミ」

「はい」

名前を呼ばれたから返事をしたら、トーニは真剣な表情を浮かべてわたしを見ている。

な、何だろう。

「とりあえずさー」

トーニが話すのと同時に、キュルルルという可愛い音が聞こえた。トーニのお腹から、盛大に。

「……俺ら、腹減ってんだよねー」

「トーニ、私は別に腹など……」

ぐうううう。今度はライルのお腹が鳴った。トーニのときよりも、大きい。

ライルは顔を真っ赤にして、わたしから目を逸らした。

「ライル……」

耳まで赤くしたライルは、やはりわたしの方を見ない。

「……今は、私を見ないでください」

消えそうな声で言う彼に、見えないだろうけどわたしは頷いた。

「あははー。俺ら、朝から何も食べてないもんなー」

「えっ、な、なんで」

朝から!? こんな夜まで何も食べてないなんて、それは大変だ。わたしなら、空腹で倒れちゃうよ。

ライルはわたしを見ないまま、もごもごと口を動かした。

「トーニが悪いのです。新しい魔法式を思いついたからと、私を付き合わせて……」

渋い声のライルに、トーニがからからと笑う。罪の意識など微塵《みじん》も感じてなさそうな顔だ。

「なーなー、カスミ。何か食わせてー」

「え……」

「この箱、色んな食べ物入ってたしさ。そっちに何か食い物あるんだろー？」

トーニがにこやかに冷蔵庫のなかを覗き込んでくる。

「ちょっと、トーニ！　勝手に漁《あさ》らないでよね！」

「なら、何かよこせー」

「トーニ……」

ライルが呆れ果てたとばかりにトーニを見ているけど、トーニに応《こた》えた様子はない。彼は強靭《きょうじん》な精神の持ち主なんだろう。

「……わかったよ。ちょっと待ってて」

諦めたわたしは、冷蔵庫の前からコンロの方へと向かう。

「カ、カスミ。良いのですよ、私たちに気を使わなくとも……」

ぐううという音が、ライルの遠慮をかき消した。トーニの笑い声が聞こえたことから、ライルのお腹の音なのだろう。

「そんなにお腹を空かせた人を、見捨てられないよ。と言っても、お味噌汁《みそしる》ぐらいしか出せないけど」

そう言いながらコンロに火をつけて、お味噌汁《みそしる》の入った鍋を温める。

その間に食器棚から、二つのお椀《わん》を取り出した。

「オミソシルって、なんだろうな！」

「トーニ、はしたないですよ」

冷蔵庫の方から、そんな会話が聞こえてくる。

そうか、二人の世界にお味噌汁《みそしる》って料理ないのか。まあ、そうだよね。この世界でも日本の料理だし。

くつくつという音がしたので、お椀《わん》にすくう。今日の具材は、豆腐とわかめだ。戦利品はきっちりと使うのだ。

トレイにスプーンと二つのお椀《わん》を載せて、冷蔵庫を介して二人に渡す。

「はい！　熱いから気をつけてね」

トレイを見て、二人は目を瞬《またた》かせた。

「これが、オミソシル……」

「なんか……」

二人は口をもごもごとさせ、何やら呟いている。

「なあ、カスミ」

「なに、トーニ」

トーニは眉間にシワを作り、わたしを見てくる。

「これさぁ、腐ってない？」

「トーニ！」

失礼なことを言ってのけたトーニに、ライルが叱りつけるように言った。

腐ってるって、なんて酷《ひど》い言いぐさだろうか。

「腐ったものを、人に食べさせるわけないでしょ」

「だって、これ。なんか、茶色いし。匂いがさ……」

「味噌《みそ》の良い匂いじゃない」

「ミソ……？」

ライルまでもが、きょとんとしている。なんてことだ。半ば予想していたとはいえ、ライルたちの世界に、味噌《みそ》文化がないとは！　日本人としては由々《ゆゆ》しき問題だ！

「味噌《みそ》は美味《おい》しいよ。確かに発酵《はっこう》させて作るものだけどさ」

「やっぱり、腐ってるんじゃないか！」

「もう！　うるさい！　いいから、飲みなよ！」

恐る恐るといった風にライルがスプーンとお椀《わん》をもった。そして、意を決したように口をつける。

こくりとお味噌汁《みそしる》を嚥下《えんげ》した瞬間、彼はパッと顔を上げてトーニを見た。

「トーニ、美味《おい》しいですよ！」

「なに、本当か!?」

「ええ、独特の風味ですが、とても優しい味で。それに体が温まります」

トーニもお椀《わん》とスプーンを手に取った。

そして、ライルという先駆者がいたからか、躊躇《ためら》うことなくお味噌汁《みそしる》を飲んだ。

「美味《うま》い！」

「ええ。この四角くて柔らかな具も喉越しが良いですね」

「それは、豆腐って言うんだよ」

「トーフ、不思議な響きです」

「このくにゃくにゃした具、食感が面白いな！」

「それは、わかめ」

「ワカメか、気に入った！」

ライルは豆腐が気に入り、トーニはわかめを好きになったみたいだ。

二人してキラキラした目で、お味噌汁《みそしる》を平らげていく。お代わりが必要だな、これは。

「カスミ、カスミ。もっとくれ！」

「ト、トーニ！」

図々《ずうずう》しさ全開のトーニを、ライルはたしなめようとしているようだった。

まあ、わたしは自作のお味噌汁《みそしる》を誉められて気分が良くなったので、お代わりを許す気でいたからいいんだけどね。

「はいはい、お代わりね。ライルもいるでしょ？」

そう聞けばライルは頬を染めて、空のお椀《わん》を差し出した。素直でよろしい！

二人に二杯目を渡す。お味噌《みそ》の良い香りが今度はわかるだろう。

そうして、二杯目もお腹に収めた二人は、満足そうに息をはいた。

「とても美味《おい》しかったです、カスミ。ありがとう」

「どういたしまして」

そう言ってライルたちから、お椀《わん》とスプーンを受け取ろうとしたときだった。

「ぷきゅるー！」

てのひらサイズの白い何かが、ライルのもつお椀《わん》に飛びついた。

「あっ、クピ！」

ライルが名前らしきものを口にするが、白い何かは「ぷきゅっぷきゅっ」と、お椀《わん》の底を舐めているみたいだ。止まる気配はない。

「おいおい、クピ。オミソシルはもうないぞー？」

トーニがツンツンとクピと呼んだ白い何かを指で突っついた。すると――

「いってー！　こいつ噛《か》みやがった！」

「きゅっぴー！」

白い何かは、ぶわっと体を膨《ふく》らませている。お、怒っているのかな？

「ダメですよ、トーニ。何かを食べているときに触れると威嚇《いかく》行動に出ると言ったのは、貴方でしょう？」

「くっ、そうだった……」

噛《か》まれた手をひらひらと振りながら、トーニは悔しそうに言う。

そして、頭から赤い毛玉をはぎとると、てのひらに乗せ、頬擦《ほおず》りをした。

「ルピナー、お前はこんなにもおとなしいのに、クピは狂暴に育っちまったよー。きっと、飼い主がいけないいんだな！」

赤い毛玉は、「すぴー、すぴー」と寝息らしき呼吸音を立てて、されるがままだ。白い何かは、よく見れば赤いのと同じく毛玉のように見える。赤と白は、同じ生き物なのだろうか？

……生き物、なんだよね？　動いているし。

ライルは憮然《ぶぜん》とした面持《おもも》ちで、トーニを見ている。

「クピだって、普段は大人しいですよ！　いったいどうして……」

困惑するライルの手元のお椀《わん》のなかでは、クピと呼ばれた毛玉がうごうごしている。

「クピ、オミソシルはもうないのですよ。意地汚い真似はやめなさい」

「ぷきゅっ！」

ライルの声に応《こた》えたのか、クピは顔らしき場所をお椀《わん》から出した。ふわふわの体に、つぶらな目をしている。

「ライル、良かったらお味噌汁《みそしる》もってこようか？」

「え、さすがに三杯目は……」

「ぷきゅきゅー！」

ライルが遠慮したとき、クピがライルの顔面に飛びついた。「ぐあっ！」と呻《うめ》き、後ろへ倒れ込むライル。倒れた彼の顔の上に、白い毛玉が立ち上がった。枝のような手足が目に入る。

「な、なに……？」

毛玉の目は、わたしに向いている。言い知れぬ恐ろしさから、声が震えた。

クピの体がゆらりと揺れた。そして――なんと、わたし目がけて飛んできたのだ！

「え……！」

「おい、クピ！」

トーニが手を伸ばしたけれど、クピは華麗にかわして冷蔵庫へ飛び込む。一瞬、冷蔵庫の電気がチカチカと点滅した。冷蔵庫の中身がぶれて二重に見える。瞬《まばた》きをしたら、元に戻ったけれど……何だったのだろう。

いやいや、それよりも！　冷蔵庫のなかに着地したクピがまた跳躍したんですけど！　わたしの胸元に一直線なんですけど！

これって、受け止めるべきなの!?

「ぷっきゅー！」

「わっ、とと！」

びたん、とわたしの服に張りついたクピを落とさないように、思わず抱きしめる。うわっ、ふわふわ！

「クピ！　戻ってきなさい！」

焦るライルの声。

「ぷきゅぷゅー！」

クピはむわりと、体を膨《ふく》らませる。

「嫌がるんじゃありません！」

「えっ⁉　これ、嫌がってるの⁉」

クピ、不思議すぎる。

「さあ、クピ、こちらへ……」

むわりむわりと、クピの体はさらに大きくなっていく。ちょっと怖い……

「クピ、わがままは……」

「……そのままで、良いんじゃねーの？」

今まで黙っていたトーニが、腕を組んで頷きながら言った。赤い毛玉は、頭の上だ。

「トーニ！　何を言って……！」

「なあ、カスミ。しばらくの間、クピを預かってくれないか？」

「え……！」

急に預かれと言われても……。犬や猫も飼ったことないんだよ？　ていうか、これはそもそも生き物なの？

「トーニ、カスミが困ってますよ」

「大丈夫だって！　つーか、当のクピがカスミから離れないんだ。無理やり引き離すのはかわいそうだろ？　それに、ほとんど手はかからないんだからさ」

「だからと言って、カスミに迷惑をかける理由にはなりませんよ！」

ライルがトーニに詰め寄るのを視界に入れつつ、わたしは服にへばりついたままのクピを引っ張った。むにょーんと、服ごと伸びるクピ。ダメだ、離れる気配がない。よく見れば、毛はふさふさだし、つぶらな目が可愛いと言えなくは……ない、かな、うん。

必死にすがってくる姿には、庇護《ひご》欲《よく》がわいた。

「きゅぷー、きゅぷっ」

「……ライル、もういいよ」

わたしは、ため息をついた。

「カスミ、ですが……」

「だって、何しても離れないし……。仕方ないよ」

わたしは諦めの境地だった。異世界の生物、どんとこいだ。

ライルは申し訳なさそうに、頭を下げた。

「すみません、カスミ」

「ライルが悪いわけじゃないから」

そう、すべてはわたしから離れないクピがいけないのだ。再び引っ張ってみるが、クピが良く伸びるだけだった。

「カスミ、クピは手がかかりませんから……」

「うん」

慰《なぐさ》めるように言うライルに、わたしは頷いた。初めて飼う生き物が、異世界産とは。わたし、大丈夫かな？

その後ライルから、クピのお世話の仕方を教えてもらった。特別なものは必要なく、本当に楽そうだ。

その間、トーニは赤い毛玉と戯《たわむ》れていた。なんか、イラッとするんですけど……

クピはというと、お皿にお味噌汁《みそしる》を少量入れたら、すっ飛んでいった。あんなに引き離すのに苦労したのが嘘みたいだ。

「クピ、食いしん坊なんだね」

「お恥ずかしい限りです……」

正式な飼い主であるライルは、恥じ入っている。ライル、ドンマイ！

「で、ですが。クピは希少な魔法動物です。特殊な能力もあるんですよ！」

ペットを庇《かば》う為に、飼い主自《みずか》らプレゼンに入ったようだ。

「たとえば？」

「機嫌が良くなると、空を飛びます」

「ほお！」

ファンタジーっぽい！

「雨の日は萎《しお》れますし、天気が良いともこもこします」

あれ？　ファンタジー色薄れた？

「ライルさん、他には？」

「……ほ、他は、その。人の感情によっても萎《しお》れたり、とか……、あとはその、クピに関しては、トーニの方が詳しいので」

まさかの、プレゼン丸投げ！

わたしとライルは、トーニを見た。

「ワカメ、ワカメ～」

当のトーニはというと、相当わかめを気に入ったのか、少し離れた場所で赤い毛玉と戯《たわむ》れながら歌っている。

「……トーニって、偉い人――エルフなんだよね？」

ちょっと呆れてライルに聞けば、彼は苦笑を浮かべた。

もしかして、話題がクピから逸れたので、ちょっとホッとしてるー？

「ええ。我が国で、彼に敵《かな》う魔術師はいないでしょうね」

「えー……」

あんななのに？

そんな気持ちが顔に出ていたのか、ライルはこほんと咳払いをした。

「宮廷に出れば、彼もちゃんとしますよ」

「ほお」

「ただ、その真面目に取り組んだ後の反動も出るようで……」

「それで、ああなると」

「はい」

神妙に頷くライルと目が合った。なんだかおかしくなって、つい噴《ふ》き出してしまう。

すると、ライルもくすくすと笑った。わたしたちの間に、和《なご》やかな空気が流れる。

不思議だな。

冷蔵庫を挟んだ向こうは、わたしのいる場所とは違う世界なのに。でも、こうやって笑い合えている。

ライルもわたしも、同じことに笑っている。共感している。

それはきっと、わたしと彼が友達になったからだろう。たぶん、そうだ。

「ねえ、ライル。今日は特別にお土産《みやげ》あげるよ」

「え、それは悪いですよ。クピの件もありますし」

「良いの、友達になった記念！」

「カスミ……」

わたしは台所の床に置いたままにしていた買い物袋から、乾燥わかめを取り出した。二つ買ったから、これは未開封のものだ。

乾燥わかめの入った袋をもち、ライルの顔が見える冷蔵庫に向かう。

「はい、これ！　わかめが入ってるから。トーニと二人で食べて！」

「カスミ、ありがとうございます」

ライルは優しく微笑んでくれた。その笑顔があまりにも綺麗で、ちょっとドキドキしたのは秘密にしよう。

「ワカメだって⁉」

耳ざとく聞き取ったらしい。トーニが、身を翻《ひるがえ》してわたしたちのもとに来る。その姿があまりにも無邪気だったので、わたしとライルはまた笑った。トーニはきょとんとしていたけども。

……うん、決めた。

これから、この異世界の友人たちと仲良くしていこう。クピも大事にしよう。彼らとなら、きっと楽しい時間が過ごせる。

わたしはそう確信していた。

◆◆◆

「それじゃあ、また明日！」

カスミはそう言って笑顔になる。そして、パタンと箱の向こうが閉じられた。

「……また、明日」

次に繋《つな》がる言葉に、胸が温かくなった。口元が緩《ゆる》みそうになるのを堪《こら》え、扉を閉める。

「良い子じゃないか」

さっきまで後ろでワカメの袋を掲げてはしゃいでいたはずのトーニが、穏やかにそう言った。

「ええ、良い子ですよ。出会い方に問題のあった私にも、優しくしてくれる。もちろん、貴方にも」

「まあなー。普通、あんなふざけた態度取ったら、宮廷の淑女《しゅくじょ》からは顰蹙《ひんしゅく》ものだからな」

「……やはり、試していたのですね」

トーニはおちゃらけた態度を取ることはあるものの、初対面の相手にはそれなりの礼儀を見せるぐらいの分別はもっているのだ。

そのトーニがあまりにもカスミに馴《な》れ馴《な》れしく接するので、なんとなく違和感を覚えていたのと同時に、彼女を怒らせるのではと内心冷や冷やしていた。

トーニは左手にワカメの袋をもった状態で、右手をひらひらと振る。

「だってさ、お前が変な女に引っかかったら嫌だろー?」

「カスミはそんな人では……」

「いいから、聞けって」

トーニがビシッと指差してきた。態度はふざけているが、目は真剣だ。

「お前は、優良すぎる存在なんだよ」

「は……?」

突然言われたことの意味がわからず、首を傾げる。途端に彼は、忌々《いまいま》しげに私を見た。

「うわっ、お前無自覚なのか。その様子じゃ、女に人気があるのもわかってないな」

「人気があるって……」

「あるんだよ！」

鼻先に指を突きつけられ、一歩下がる。トーニの目が据わっている気がするんだが……

「センドリア王室からも信頼篤《あつ》きイグゼノス伯爵家の、三男！　長男でも次男でもなく、気楽な三男！　ここ大事な！」

「は、はい」

「それでもって、騎士のなかでも階級が高い近衛《このえ》に就いている！　そして、俺には負けるが、美形！」

「そ、そうなんですかね……？」

自身の容姿については、いまいちわからない。トーニはそもそも美麗な姿をもつエルフ族のなかでも、特に美しいエルフ。だから私にも、彼が美形であることは理解できるのだが……

「そうなの！　男どもにぐいぐい攻まる、強気な女たちにとって、お前は美味《おい》しい存在なんだぜ！」

トーニは目を見開き断言する。

「お、美味《おい》しい……」

「がぶりといただかれるな」

トーニは口を大きく開き、もぐもぐと食べる仕草をする。

「そんなに盛大に食べられちゃうんですね……」

「ああ、そうだ。そんな美味《おい》しいお前が、不思議な少女に会ったと言う。不思議な食材を所有し、未知の魔法を使う少女に。その存在が、異世界の人間を装《よそお》ってお前をだましている可能性がないとは言い切れないだろ」

「カスミは……」

そんな人ではないと言おうとしたが、トーニに手で制されてしまった。

「ああ、本物の異世界の人間だったな。マナのない世界に住んで、俺の知らない食事を提供してくれた。本当に不思議な子だよ」

トーニが話しながら、ピリッとワカメの袋を開ける。「へえ、こんなに薄いのに、密封してあるのかー」と、何やら感心している。

「……では、カスミは怪しくないと認めてくれたのですね」

「ああ、認めるよ。あそこは間違いなく、ここことは違う世界だ。そして、カスミもありゃ、普通の女の子だ。権謀術数《けんぼうじゅっすう》うずまく宮廷にはいないような子だな。アンジェリカのそばにいてほしいぐらいだ」

「陛下の……」

トーニの言いたいことがわかり、私は口を引き結ぶ。

陛下は、若い身でありながら激務をこなしておられる。その実力も、相当なものだ。だけど残念なことに、他国は年齢を理由に陛下を侮《あなど》っているのが現状である。普段の言動からは想像もつかないが、あの陛下とて苦労しておられるのだ。

そんな陛下のおそばに、裏など感じさせないカスミがいれば陛下の慰《なぐさ》めになる――そう、トーニは感じたのだろう。

「まあ、お前はアンジェリカとは違って根を詰める気質だからなー。カスミとの接触は、良い刺激になるだろ」

「ええ、私もそう思います」

出会って一日。それでも、言葉を交わせば相手の人となりはわかる。

がさがさと袋を漁《あさ》っていたトーニが、にっと口の端を上げた。

「お前、相当カスミのことが気に入ったんだなー」

「な……っ」

「だってさー、女はアンジェリカ以外眼中になかったお前が、そこまで認めるなんて珍しいだろ」

「へ、陛下は尊《とうと》い存在ですから！　カ、カスミは、その……」

言いかけて口ごもる。その先が思いつかなかったのだ。

カスミは、私にとってどのような存在なのだろう。出会ったばかりでは、答えが出なかった。

幸いトーニは、ワカメに夢中なのか言及してこない。袋に手を入れて、しげしげと見つめている。

私は小さく息をはいた。

「なあなあ、ライル」

「……今度は何ですか、トーニ」

トーニは手のひらにシワシワの小さな物体を乗せ、所在なげに私を見てくる。

「これ、どうしたらいいんだ？」

「……さあ？」

その問題は、カスミの件と同じく答えが出ないものだった。

2

ライルからクピを預かって以来、わたしの朝は、果物の缶詰を開けることから始まるようになった。プシュッという音が響くと、居間でテレビを観ていたクピが台所まで飛んで来るのは、もはや日常。クピが果物の缶詰のなかで、特に桃が好きなのも把握しているほどだ。

「ぷきゅきゅ、ぷきゅきゅ！」

くるくるとわたしの周りを飛ぶクピ。機嫌は良さそうだ。

この不思議な生き物は、普通にテレビを見たりする。お笑い番組を見ていると、ふわっふわにふくらんで、ポンポン飛び跳ねたりする。一方で、悲しいドラマのときなどは、しおっしおに萎《しお》れたりする。まったくもって、謎の生物だ。

「はいはい、ちょっと待っててねー。今日は桃だよー」

「きゅぴるー！」

クピの回るスピードが速くなる。テンションは最高潮だ。

深皿に桃を入れ、わたしはクピをまとわりつかせたまま居間へと向かう。桃の入った深皿をテーブルに置くと、クピは深皿目がけてテーブルに降り立つ。

「ぷきゅる、ぷきゅぷきゅ」

カツカツと桃を食べ始めたクピを見てから、わたしは台所に戻る。今度は、自分の朝ご飯を作らねば。

『クピの食事は、果物を少々朝に食べさせるだけです』

と、ライルが言ったとおり、クピは果物だけを食べる。お水は必要ないし、トイレもしない。その点、異世界の謎の魔法動物なんだなあと思う。

本当にお世話が楽だ。まあ、困ったところもあるのだけど。

朝食が終わり、学校に行く準備をしていると――

「きゅぴぴー」

白い紐をくわえたクピが飛んできた。つぶらな目を輝かせている。

わたしはため息をついた。

「クピ、やっぱりついてくるの？」

「きゅぴぷー！」

クピは体をぶるぶると震わせた。肯定しているのかな？

ちょっとかがんで、ふわふわと飛ぶクピに視線を合わせる。

「あのね、学校は遊ぶ場所じゃないんだよ。クピだって毎回じっとしてなくちゃいけなくて、つまらないでしょ？」

「きゅぷー！」

優しく諭しても、クピはツーンと顔の部分を逸らす。は、反抗的だ……

ライルからは、クピは大人しくお留守番できると聞いていたけど、実際はわたしから離れようとしない。お風呂とトイレ以外は、いつも一緒だ。

ついて行くのだと張りつかれた初日、仕方なく鞄に紐でくくりつけて学校に連れて行くはめになって以来――毎日学校に連れて行っているのだ。クピ、しつこいよー。

「きゅぷーん」

「……仕方ないなぁ」

息をはき、わたしはクピから紐を受け取る。途端にクピは機嫌良く体を震わせた。

「きゅぴるー！」

クピの体に紐を巻きつけていく。ふわふわのクピだけど、紐はきゅうっとしめることができる。体は意外と細いみたいで、本当に謎生物だ。

「いい？　学校ではちゃんとぬいぐるみの振りをするんだよ？」

「きゅっ！」

一声返事をしてから、クピはくてーんと動かなくなった。わたしの持つ紐の先でぷらぷらと揺れている。毎回思うけど、死んでないよね？

動かないクピの毛は、しなしなと萎《しお》れている。

「……今日は雨か」

傘がいるな、とクピを縛った紐を鞄に引っかけながら思った。


その日の学校の昼休み。私は千尋と彩音ちゃんと一緒に、くっつけた机の上でお弁当を広げていた。

外では、しとしとと雨が降っている。クピ天気予報は大当たりだ。当のクピはというと、机の横で、くてーんと鞄に垂れたままでいる。

彩音ちゃんが、わたしのお弁当を覗き込んだ。

「わー、香澄ちゃんのお弁当。今日も美味《おい》しそうだねー」

「本当だ。香澄って、手作りなんだよね？」

二人に誉められ、わたしは顔を赤くする。

「えへへー。お母さんから一人暮らしするのならって、徹底的に仕込まれたからね」

「そっかー。香澄ちゃんのお料理食べてみたいなぁ」

「彩音は、何サラッとたかってんの」

「えー、だって。香澄ちゃんのお弁当、本当に美味《おい》しそうなんだもん」

「あはは、なら今度家に泊まりにくる？」

こんな風に気楽に友達を誘えるのも、一人暮らしの強みだよね。

あ、でも。来てくれるとなったら、念入りに掃除しなきゃ。あと、クピは隠しておこう。抵抗されるだろうけど。

彩音ちゃんの顔が輝いた。

「良いの、香澄ちゃん！」

「うん！　千尋も来てよー」

「ありがとう、香澄」

うんうん。こうやってわいわいと食べるご飯、最高だね！

ご機嫌で玉子焼きを頬張っていると、彩音ちゃんがにこにこしながらわたしを見た。

「でも、例のストーカー。勘違いで良かったねー」

「ぐっ！」

不意打ちで振られた話題に、思わずむせる。

「ちょっと、香澄。大丈夫？」

「う、うん。大丈夫大丈夫」

あははとごまかして笑うと、千尋が怪しむような視線を向けてきた。ぎくり。

「ねえ、本当に勘違いだったんだよね？　あたしらに心配かけないように、無理してない？」

「し、してない、してない！　あれは、本当に勘違いだったんだよ！　叔母さんが忘れてたんだって！」

叔母さん、何度も罪をなすりつけてごめんなさい！

「……なら、良いんだけど」

千尋がしぶしぶといった様子ながら引き下がる。うう、友達思いの良い子だ。

「叔母さんも、一言ぐらい言ってくれても良かったのにねー」

「は、はは。そうだね」

叔母さんは悪くないんだよー。むしろいつもわたしを心配してくれている、良い叔母さんなんだよー。

「あっ、このきんぴら上手くできたんだ。食べる？」

「わっ、食べる食べるー」

「うん、もらうよ」

心臓に悪い話題は、別のことで逸らすに限る。だと言うのに……

「くぴー、すぷー……」

ちょっと、クピ!?

「ん？　何か音がした？」

千尋が訝《いぶか》しげに箸《はし》を止めた。ぎくり。

「わ、わたしは何も聞こえなかったよ？」

ごまかしてみるけど、「ううん、聞こえたよ！」と彩音ちゃんまでが言う。ど、どうしよう……

「こっちからかなー？」

向かいに座る彩音ちゃんが、わたしの机の横を見る。そこにはクピをぶらさげた鞄が！　彩音ちゃん、そこはダメ！

「あれ？　香澄ちゃん、キーホルダーつけてたっけ？」

「え！　あ、うん、つけてたつけてた！」

クピ、お願いだから動かないでよー！

「香澄」

な、なにかな⁉　クピのこと、気づいちゃった……？　恐る恐る千尋を窺《うかが》えば、彼女は玉子焼きを頬張っている。

「そのマスコット、正直ぶっさいくだよね」

辛辣《しんらつ》な意見、きた！　た、確かに今のくてーんとしたクピは可愛くない……かも？

「千尋ちゃん、こういうのはぶさかわって言うんだよ」

「そ、そうそう。わたし、こういうの好きなんだー。あはは」

彩音ちゃんのフォローに乗っかる。頼むから、クピ起きないでよ！

「あっ、ぶさかわって言えばねー」

その後、話題は彩音ちゃんが昨日見たというテレビ番組に移り、クピが再び寝言を言うことはなかった。

静かにしているクピの様子をちらりと見れば、クピは眉間らしき場所にシワを寄せ、口をキリキリと引き結んでいた。起きてる！　でもって、お、怒ってる……。家に帰ったら、何か果物をあげよう。うん。クピは、ぶさかわじゃないって、フォローもしないと！

そうして、わたしはお昼を何とか乗り切ったのだった。

「というわけで、色々大変だったんだから！　元ストーカーさん」

「す、すとーかー……？」

困惑したように、ライルは冷蔵庫の向こうで呟いた。

クピを預かってから、もう十日ほど経つだろうか。今日も今日とて、わたしたちは対話を試《こころ》みているのだ。因《ちな》みに、トーニはいない。本当に忙しい身らしく、初対面の日から彼とは会っていない。

「友達に嘘をつくのも心苦しいし、叔母さんのせいにしちゃったし。クピの存在はバレそうになるし……」

ぶつぶつと文句を言えば、ライルが何故《なぜ》か眉を寄せた。

それまで及び腰だったのに、姿勢を正してわたしを真正面から見つめてくる。

「カスミ」

「な、なにさ」

ライルの気迫に言いすぎたかと、ちょっと弱気になる。

「私だって、大変だったんですからね……っ」

「え……？」

怒っているのかと思いきや、一転してライルの声に悲壮感が宿った。わたしは身構えていたのを忘れて、きょとんと目を瞬《またた》かせてしまう。

「この間のワカメ……増えたんです！」

「へ……？」

何かを思い出したのか、ライルは拳《こぶし》を震わせた。

「あの、小さな塊《かたまり》がみるみるうちに増えていく、おぞましき光景……！」

「おぞましきって……」

「カスミは見ていないから、そうやって普通でいられるんです！　あのトーニが、途中から表情をなくしたんですよ！」

「えー……」

「袋に描かれた絵の通りに、鍋に入れたまでは良かった。ちょうど入るくらいの大きさの鍋にワカメを入れ、その後、水を注ぐと……」

「ちょっと、待ったー！」

まさか、まさか、だよ？

「乾燥わかめ、一気に全部入れちゃった、とか……？」

「いえ、半分ほどです」

「充分、多いよー！」

しまった！　ライルたちに、乾燥わかめの正しい食べ方を教えてなかった！

「……そ、それで、どうしたの？」

おそるおそる、問いかけてみる。ライルは神妙に頷いた。

「溢《あふ》れかえったワカメは、きちんと食しましたとも」

「た、食べたんだ」

「当然です。はしゃぎすぎたトーニが、責任を取りました」

ちゃらちゃらしているようで、トーニ、意外と男気があるな。

「まあ、トーニがワカメに異常に執着し、その結果、今、我が国でワカメが普及し始めているのですけどね。今や流行の最先端にすら、なりつつあります」

「え……！」

わかめだよ？　馴染《なじ》み深いわかめさんだよ？　それが、流行《はや》って……。

わたしの表情から何かを読み取ったのか、ライルがおかしそうに笑う。

「娯楽の少ない国ですからね。幸い原料は海から見つかりましたし。トーニは本当に、優秀なんです」

「そ、そうなんだ」

わかめが娯楽……。

「あ、えーと……。そうだ！　わかめのお詫《わ》びに、これもっていってよ！」

わたしは冷蔵庫に入れていた、プラスチック製の容器を指差した。明日の朝食べようと思ってとっておいたものだ。

「筑前煮《ちくぜんに》っていう料理なんだ」

「チクゼンニ」

「お母さんが作るものには及ばないけど、味はそれなりだと保証するから！」

ぐっと親指を立てて、ライルに筑前煮《ちくぜんに》を差し出す。

彼はわたしの親指を困惑した様子で見てから、筑前煮《ちくぜんに》の入った容器を受け取ってくれた。

「その親指は、何かの儀式ですか？　……まあ、チクゼンニはいただきますが」

「あれ？　そっちにはこういうジェスチャーないんだ」

「じぇすちゃーが何かはわかりませんが、ありませんね」

「ほお」

通じないのか。あ、でも。こっちだって、ジェスチャーって国によって意味が違うっていうし、当然なのかも。

「うんうん、異文化交流だね」

「何を言っているんですか……」

「だって、国とかじゃなく。世界が違う相手と、こうやって話しているのって凄《すご》いことだもん！」

本来なら、出会わなかったはずの相手だ。そう考えると、不思議な気分になってくる。

「ライルと知り合えたのは、奇跡だよ！」

興奮してそう言えば、ライルは目を瞬《またた》かせた後、花が開くような笑顔を見せてくれた。

「ええ、そうですね」

肯定とともに向けられた笑顔があまりにも綺麗で、思わず見惚《みと》れてしまう。ライルって、本当に綺麗だ。

「ああ、また今日も話し込んでしまいましたね。カスミ、女の子が体を冷やすのは良くない。今夜はもう、お開きにしましょう」

「う、うん。そうだね」

ライルの笑顔にドキドキしながら、精一杯頷く。幸いライルは、わたしの動揺には気づいていないようだ。

「では、カスミ。チクゼンニ、ありがとうございます。おやすみなさい」

「うん、おやすみなさい！」

扉が閉められ、ライルの姿が見えなくなると、わたしは小さく息をはいた。

「……ライルって、本当に綺麗」

呟いてハッと両手で口を押さえる。

そして家にはわたし一人しかいないんだと思い出し、何とか冷蔵庫を閉めた。

心臓はとくとくと速いままだ。

「……ライルの美形振りにあてられたかな？」

うん、きっとそうだ。あんな美形、わたしの周りにはいないもん。

だから。だから、ドキドキしちゃうんだよね。そうだよ。

「うんうん。友達続けていくからには、早くライルの顔に慣れなくちゃね！」

そう結論づけて、わたしは台所を後にした。

3

さてさて、わたしの日常が非日常と繋《つな》がった日から、早くも一ヶ月が経った。一ヶ月の間に、わたしにちょっとした変化が起きていたりする。

それは、新たな友達を得たということだけではなく――

実は今、料理をするのが凄《すご》く楽しいのだ！　おかずの品を考えるとわくわくするし、お買い物もうっきうきだ。

そうなったきっかけはやはり、ライルとの件。彼と連日話すうちに知ったのは、ライルの仕事が夜遅いことが多いということ。そして、ライルの住んでいるところに食堂のような場所はあるみたいだけど、夜遅いともう閉まってるらしいこと。だからライルは、自室でパンをかじるだけの夕飯というのもザラらしいのだ。

なので、そういう日にはおかずを一品か二品提供することを、わたしから提案したのである。

ライルは最初遠慮していたよ。いや、最後まで断ろうとしていた。

そこをわたしが押し切ったのだ。

せっかく友達になれたのだ。友達の為とあらば、何かしたい！　あと、意外と一人分より二人分の方が作りやすい、とも付け足し、わたしはライルを説き伏せたのだった。

「カスミは、友情に篤《あつ》い方なのですね」

と、ライルは困ったように言っていた。

……確かに、友情は大事だと思う。けれど、わたしがライルにおかずを作ると提案した理由は、それとは違うような気がする。——自分でも、よくわからないけれど。

ただ、筑前煮《ちくぜんに》を渡した翌日の夜、洗われた容器を差し出したライルの、「とても美味《おい》しかったです。ありがとう」の言葉が、凄《すご》く嬉しかったのだ。

ありがとうという、温かい言葉。それを、もっと聞きたくなったのかもしれない。

感謝の言葉に、幸せな気持ちになったのだ。それと、ライルが筑前煮を大好きになってくれたのも嬉しかった。うん、きっとそれが理由だ。

そんなわけで今、わたしの食事作りには張り合いが出ている。

思えば一人暮らしになってからは、自分の為にしかご飯を作ってこなかった。それは寂しいことだったのだと、ライルにおかずを作るようになってから気づいた。

「一人っきりのご飯も、味気ないもんね」

ぐつぐつと音を立てる鍋を見つめながら呟く。

一人暮らしを始めて、一年以上が経った。もう慣れたけど、最初のころは一人だけの状況を心細く感じたものだ。

ライルと話すようになってほっとしたりするのは、心のなかに閉じ込めていた寂しさが、少しずつ出てきたからかもしれない。

「……家での会話に飢《う》えてたのかな」

鍋をかきまぜながら、わたしはライルの優しい笑顔を思い浮かべた。なんだか胸が温かい。

想像以上に、わたしは寂しかったのだろう。

「うーん、ダメダメ！　湿っぽい！」

「ぷきゅ？」

わたしの頭の上に乗っていたクピが不思議そうに鳴く。料理の匂いにつられてやってきたのだ。

「クピ、味見する？」

「きゅーぷー！」

クピは嬉しそうに鳴いた。小鉢にスープを入れて、クピに差し出す。クピはすぐさま小鉢に飛び移った。

「きゅぷきゅぷ」

そのまま小鉢に飛び込み、全身で味見をするクピ。食べてるのは口から――だよね？　体から吸収とかは、してないよね？

「美味《おい》しい？」

「きゅっ！」

顔を上げたクピの毛は、汁まみれだ。キッチンペーパーで拭いてあげる。

するとそのとき、居間の方から携帯電話の呼び出し音が聞こえた。

「あっ、このメロディーは」

急いで火力を弱にし、居間に向かおうとした。そこでふと、頭にクピが引っ付いていることに気がつく。

「ちょっと、クピ、頭から離れて」

「きゅぴー！」

「嫌がってる場合じゃないんだって！　今は、まずいんだよ！」

電話の相手にクピの存在を知られるわけにはいかない。

けれど、焦るわたしとは裏腹に、クピはわたしの髪を引っ張り離そうとはしない。

「いったーい！」

「きゅーぷー！」

そうこうしている間にも、メロディーは鳴り続けている。

「ああ、もう！」

わたしは居間に向かった。

テーブルの上で鳴っていた携帯電話を手にし、通話の表示をタッチする。この着信は、テレビ電話なのだ。

『香澄、出るの遅かったけど、どうかしたの？』

「あ、はは。何でもないよ！　ちょっと料理中でね、お母さん」

電話の相手――お母さんは、『なら、いいけど』と、とりあえずは納得してくれたみたいだ。

だけど、画面の向こうのお母さんはすぐ訝《いぶか》しげに眉をひそめた。

『香澄、あんた子どもじゃないんだから。頭にぬいぐるみ乗っけるのやめなさい』

「あ……！」

頭を触ると、ふわりとした毛の感触。クピが、しっかり向こうに見えている位置にいたのだ。

クピはピクリとも動かない。どうやら何かを察して、ぬいぐるみの振りをしているようだ。

「あ、うん。き、気をつける！」

試しにクピを引き剥《は》がそうと力を入れてみるけど、びくともしない。こいつ……！

『まったく、こうやって定期的に連絡して正解ね。いつまでも、子どもなんだから』

「お母さん、十七歳はまだ子どもだよ……」

『そういう屁理屈《へりくつ》だけは上手になるんだから！』

いや、屁理屈《へりくつ》じゃなくって、事実ですが。

でも、お母さんからの電話はありがたかった。ちょうど、一人暮らしの寂しさを感じていたところだったし。

「……心配してくれて、ありがとう」

照れ臭くて小声で言えば、お母さんは目を瞬《またた》かせた後、微笑んだ。

『当たり前じゃない。子どものことなんだから』

「うん……」

なんだか、しんみりしてしまう。

お母さんもそう感じたのか、『ところで……』とあえて話題を変えるように切り出した。

『お父さんも気にしていたりするんだけど、彼氏とかできたの？』

「え！」

か、彼氏⁉　何を突然⁉

電話の向こうで、お母さんが意地悪く笑う。

『その反応じゃ、まだみたいねー』

「あ、当たり前じゃん！　か、彼氏とか、まだ早い！」

うう、顔熱い。母親相手に、何を話してんだろ。

『えー、お母さんがあんたぐらいのときには、もうお父さんと出会ってたわよー』

「知らないよ！　もう、切るからね！」

これ以上話していたら、うっかりライルのことを言ってしまいそうだ！

『はいはい。体には気をつけるのよ？』

お母さんがわたしの異変に気づいた様子はない。ああ、何事もなく、この定期連絡電話が終わりますように！

「わかってる。じゃあ、またね！」

通話終了をタッチすると、画面の向こうで手を振るお母さんの姿が消えた。

「まったく、もう！」

怒りながらも、わたしはちょっと動揺していた。

何故《なぜ》ならお母さんに話を振られたとき、ライルのことを自然に考えてしまったからだ。

「もー、忘れるの！」

彼とは、ただの友達なんだから！

そう自身に言い聞かせて、わたしは頭に手をやる。今度は頭からするりと重みが消えた。

手のなかのクピは、くてーんと全身から力を抜いている。

「い、生きてるよね？」

お腹が上下しているのを確認して、ホッと息をはく。

寝てしまったクピをそっとテーブルに置いて、わたしは再び台所へ向かった。

◆◆◆

今日の私は、陛下の護衛から外れていた。私が陛下のそばにて待機するのは、夜からの予定となっている。

なので午前中は他の騎士たちにまじり、剣術の稽古《けいこ》をしていた。だが……

「ライルはいるか！」

陛下のお声に、私の肩が僅《わず》かばかり揺れる。周りの騎士から向けられる、同情の視線を感じた。

稽古《けいこ》場に入られた陛下は、何故《なぜ》か町娘のような姿をしておられる。いつもはその金色に輝く髪を真珠の飾りで彩《いろど》っているのだが、それも外され、今は質素に後ろで纏《まと》めていた。

「へ、陛下。そのお姿は……？」

恐る恐る尋ねれば、陛下がくいっと顎《あご》を上げる。

「見てわからぬか？　変装だ」

「はあ」

変装とおっしゃられても、生まれながらの王族としての風格や美貌は、何一つ隠せていませんが……。周りの騎士もそう感じているのか、遠巻きに陛下を見ている。

「恐れながら、陛下。質問をしてもよろしいですか？」

「うむ、許す」

「変装などして、どうなさるのです。あと、陛下のおそばにいるはずの騎士は……？」

私の問いかけに陛下は胸を張った。嫌な予感しかしない。

「むろん、城下を視察する為だ。お忍びというやつでな！　騎士はトーニの力を借り、撒《ま》いたのだ」

「陛下、なんてことを……！」

それにトーニも、何故《なぜ》陛下の味方をした！

「ライルよ、この姿のときはアンと呼べ。さあ、供をせよ！　行くぞ！」

「陛下、お待ちください！　お忍びであっても、手配すべきことが！　陛下、陛下ー！」

振り返りもしない陛下に、私は声の限り叫んだ。

……ああ、胃薬がほしい！

夜遅くに自室に戻り、一直線に衣装棚へと向かう。扉を開けば、様々な食材とともに半透明の容器が入っていた。

「カスミ……」

思わず笑みがこぼれる。

親切で心優しい少女は、今日も私の為に食事を作ってくれたのだ。

今日も一日、散々だった。突然城下にお忍び視察に出ることを決めた陛下を、一人で護衛したのだ。治安の悪い下町に入ろうとする陛下を必死に止め、ごろつきに喧嘩をふっかけた陛下をお守りする任務……。一日の疲れが、癒《いや》されていく。

「貴女に感謝を」

深く頭を下げ、半透明の容器を取り出す。まだ、かすかに温かい。

冷たい箱のなかに入れたのならば、すぐに冷えてしまうはずだ。それなのに僅《わず》かとはいえ、温かさがあるということは……

「貴女は……」

おそらくカスミは、私が帰ってくるころに合わせて、食事を温めてくれたのだろう。少しでも、温かいものを口にできるようにと……。何と優しい心遣いだ。

「ありがとうございます、カスミ」

息をはき、衣装棚の扉を閉めた。

ぺりっと音を立てて容器の蓋《ふた》を開けると、空腹を刺激する良い匂いが鼻孔をくすぐる。

なかには、ジャガイモとニンジン、そしてタマネギや何かの肉を煮込んだものが入っていた。行儀が悪いとわかりつつも、指でジャガイモをつまみ口のなかに放り込む。ほくほくのジャガイモが、溶けるように舌の上を転がっていった。

「……カスミの国の料理は、珍しくて美味《おい》しいものが多い」

今までカスミが作ってくれた料理は、どれも見たことのないものばかりだった。カスミは私の知らないものに囲まれて育ってきたのだと、料理を食べる度に実感する。

「……」

少し、胸が痛んだ気がした。その痛みが何なのかわからず、首を傾げる。

容器を机の上に置いたところで、ふとある考えが浮かんだ。

「私の世界とは異なる世界に住む存在……」

それはつまり、私たちとは違う考え方をもつということにならないだろうか。

実は今、我がセンドリアは隣国と不穏な関係にある。しかし、軍の力や物資は十分とはいえず、なかなか厳しい状況になっているのだ。しかしカスミなら、我々の抱えている問題を、思いもよらない方法で解決する糸口を示してくれるのではないのだろうか。

「……いや、カスミをセンドリアの問題に巻き込むのは」

あの純真無垢《じゅんしんむく》な少女に血なまぐさい話をするのは、気が引ける。だが……

『ライル、センドリアは妾《わらわ》の国だ』

幼いころに見た横顔が、頭に浮かぶ。まだ幼いながらも、決意に満ちた顔。そして成長したのち――

『妾《わらわ》の為に、力を貸してはくれないか。今以上に、センドリアを発展させてみせよう』

そう言って、陛下は私を近衛《このえ》に誘ってくださった。

王女だったころの面影を残したまま、しかし、その両肩に強い責任を負って。陛下は、真摯《しんし》に私の力を求めてくださった。

そのお気持ちに、応《こた》えたいと思ったのだ。陛下の守るセンドリアを、私もまた守りたいと、強く思った。

だから。

「カスミ……、助けてください」

一縷《いちる》の、希望。

親切で優しいカスミは、私の希望そのものだ。

「カスミ、貴女を利用する私を軽蔑しても構いません」

ぐっと拳《こぶし》を握る。痛む胸には、気づかない振りをして。ただ、前を見る。

「センドリアに、陛下に栄光あれ」

私は、迷っていてはダメなのだ。

◆◆◆

「香澄ちゃん、もう上がって良いって店長が言ってたよ」

店内の掃除をしていたら、バイト仲間であり従姉妹《いとこ》でもある真希《まき》ちゃんが声をかけてきた。

「あっ、もうそんな時間？」

「うん。香澄ちゃん、今日の集中力は凄《すご》いって店長誉めてたよー」

「えへへー」

ちょっと照れてしまう。

今日は日曜日。わたしが土曜日と日曜日をメインにアルバイトをしているお店は、可愛い小物とクラシックな雰囲気のインテリアを扱っている雑貨屋さんだ。

真希ちゃんの紹介で入ったバイトだけど、この雰囲気とかは結構気に入っている。

わたしのシフトは十七時まで。まだあと五分くらいあるけど、店長の許可が出たっていうし。

「それじゃあ、店長、真希ちゃん、お先です！」

店の奥から「はーい、お疲れ様ー」という店長の声がした。

「じゃあ、お疲れー！」

「うん、じゃあね」

今日の夕飯、何にしようかなぁと呑気なことを考えながら、わたしはお店の二階にある更衣室に向かった。

今日の夕飯は、チャーハンに決めた。ライルは今日は遅くなる日じゃないけど、彼の分も作ってあげようではないか。

ライルは普段、わたしと話した後に食べているようで、先に食べ終わっていることはほぼない。だから作ってしまっても大丈夫なのだ。

「チャーハン、気に入ってくれると良いなぁ。あ、あと、玉子スープも作ろうっと」

ふんふんと鼻歌を歌いながら、調味料の瓶を開ける。調味料投入はタイミングが命なのだ。

どうせ食べてもらうならば、ライルに美味《おい》しいと言ってもらいたい。

そして「ありがとう」の言葉とライルの微笑みがほしいのだ。

「……ライルって、なんか、不思議だよね」

ジュージューと音を立ててチャーハンを作りながら、呟く。

「あんなに美形なのに、無自覚みたいだし。男の人なのに、凄《すご》く物腰柔らかいし。それに、優しいよねー」

騎士だって言っていたから、女の子たちに人気ありそうだ。うん、美形だし。

「キャーキャー言われたりしててねー……」

……あり得る。

きっと色んな女の子、いや、大人の女性だって憧れているのだろう。

「それで、周りを囲まれちゃったりしてさ！　『私は陛下に忠誠を捧げた身』だとか言ったりしてるんだよ！」

気づけば、チャーハンがちょっと焦げ臭い。おっと、危ない危ない。

頭の上にいたクピが、「きゅるー……」と体を震わせてわたしから離れていく。どうしたんだろう、クピ。

「うー……」

ライルが女の子に囲まれている場面を想像したら、何だか胸がもやもやした。ライルは優しいから、女の子に引き留められてもむげにはできなそうだし。きっと、あの優しい笑顔で対応したりするんだ。

「……なんか、嫌だな」

もやもやが強くなる。

何でだろう。何でこんなに嫌な気分になるんだろう。

「ぬー……」

答えが出ずに唸《うな》っていると、コボコボという音がした。

「あ……！　玉子スープ作っていたんだった！」

わたしは慌ててふきこぼれている鍋に近づいた。

「あちっ、あち……っ！　あー、もー！」

バタバタと台所を走り回り、焦げかけた玉子スープの始末をしているうちに、わたしは先ほどまで何に悩んでいたのかすっかり忘れてしまった。

「よしよし、大丈夫そう！」

多少ふきこぼれはしたけど、玉子スープは無事のようだ。良かった、良かった。

「よし！　チャーハンもできたし、ライルの分も容器に入れちゃおうっと」

お皿に盛り付け、透明な容器も取り出す。ライル、喜んでくれるかな。

鼻歌まじりに、わたしは夕食の準備を終えたのだった。


夜の八時。わたしはチャーハンの入った容器をもって、冷蔵庫の前で待機していた。クピは居間で寝ている。

ライルを待つ時間は、いつもちょっとドキドキするんだよね。

「服装はオーケー。髪の毛ははねたりしてない。チャーハンは、もった！」

よしよし、身だしなみは大丈夫だ。

ライルもきちんとしている人だから、見劣りしたくないもんね。

コンコン。ちょっと鈍い音が冷蔵庫のなかから聞こえた。これは、二人で決めた合図。つまり――ライルだ！

「は、はい！　今、開けるね」

ドキドキが少し速くなり、わたしは緊張気味に扉を開ける。最近、緊張が特に酷《ひど》くなっている気がする。

冷蔵庫の扉を開けると、そこにはいつになく真剣な表情を浮かべたライルがいた。

「ライル……？」

ライルの顔が強《こわ》ばる。かなり緊張しているみたいだ。一体どうしたのだろう。

「ライル、様子が変だけど。何かあったの？」

「そ、れは……」

ライルはあからさまに言いよどんだ。

……これは、何かあるな。

わたしはライルの目をしっかりと見つめた。彼と対話するようになって、一ヶ月。何となくだけど、ライルは思いつめるタイプだとわかってきていた。

「ライル、何か困っているんでしょう？　わたしたちは友達なんだから、遠慮なく言ってよ」

これは本心だ。友達が大変なときは、力になりたい。一緒に乗り越えたいのだ。

ライルは軽く目を見張ると、淡く笑った。

「カスミ……、貴女は優しすぎる」

「そうかな？」

首を傾げると、ライルは困ったように笑う。

「ええ、心配になるほどには、優しいですよ」

「でも、ライルも優しいよ」

「私が、ですか？」

意外なことを言われたとばかりに、ライルは驚いている。いやいや、ライル優しいよ。紳士っていうのかな。まさにファンタジーの騎士様って、感じなんだよね。

だけどライルは、ふるふると力なく顔を横に振った。

「私が優しいなど……。陛下に振り回されてばかりです。そして、守るべき存在である貴女に頼るしかない、不甲斐ない男です」

ライルの言葉に、わたしの胸はどくんと高鳴った。

だって、守るべき存在って言われたんだよ！　いや、ライルは騎士だから、守るべき女性や子どもというニュアンスなのかもしれないけども！

ああ、顔熱い！

「え、えっと。ライルは、わたしに何か頼みたいことがあるんだよね？」

「はい」

ライルが真剣な顔で頷いた。本当に、精神的に弱っているみたい。わたしの挙動不審振りにも気がついていないみたいだし。

ライルはじっとわたしを見ると、ギュッと口を引き結んだ。そして、意を決したように口を開いた。

「カスミ、お願いがあります」

「な、何？」

「貴女は、私たちとは異なる世界で生きています」

「う、うん。そうだね」

異なる世界という言葉に少し胸が痛んだけど、事実だからしょうがない。わたしはライルの話を聞くことに専念する。

「そんな貴女ならば、私たちには見えないことに気がついてくれるかもしれない。そう思ったのです」

「わたしが気がつくこと……？」

ライルはこくりと頷いた。そして、長いまつげを伏せる。

「……私が暮らし、騎士として守護する国はセンドリアと言います。今、センドリアの領海付近を、トーラスという国の船団がうろついています」

「……つまり、領海侵犯《しんぱん》というのをされているの？」

こっちの世界でも、この手の話は耳にする。どうやらライルの世界にも、領海という概念があるみたいだ。

「まだ、そこまでは。ただ、時間の問題かと」

悩んでいる様子のライルを見ていたら、何とかしてあげたい気持ちが強くなってくる。

「ライル。それで、わたしに何をしてほしいの？　さっきも言ったけど、友達の為だもん。わたしにできることなら手を貸すよ！」

「カスミ……、ありがとうございます」

ライルは目を細めてわたしを見つめた。その目の綺麗さに、ちょっと照れてしまう。

ライルは姿勢を正すと、話し出した。

「実は、我が国の海軍は、物資――というか、率直に言うと矢が足りなくなってきているのです。その調達に困っていて」

「矢が」

ああ、そうか。きっと、ライルの世界には銃はないんだ。その代わり、弓矢とか、はたまた魔法とかで戦っているのだろう。

「ええ。威嚇《いかく》でトーラスの船団に矢を放ったり、小競り合いが起きたときに大量に使ってしまったりしていて。結果、矢が足りないのです」

「新たに作るとかは？」

そう聞けば、ライルは顔を横に振った。

「今回の領海にある港町の周りに、森はないのです。矢を作るに必要な木が調達できず……。王都からはすでに補充の分を送っていますが、それでも足りないのが現状です」

「うーん。追加はもう見込めない、と」

「はい」

それは本当に困った状況だ。

矢が足りなくて、これ以上の調達は望めない。周囲には海しかない。あるのは船……ん？

ちょっと待って。この状況、何かで読んだことある！　お父さんから借りた本だったような気が……。ああ、でもその本、お父さんがもってっちゃったから、今はないんだっけ。

でもでも、ほらあの有名な！　何だっけ、えーと……

「三国志《さんごくし》！」

「え‼」

突然叫んだわたしに、ライルは目を丸くした。

しかしこっちはそれどころじゃない。慌ててポケットから携帯電話を取り出した。

「カスミ、その平たいものは……？」

「文明の利器だよ！　何とかできそうな方法を思い出したから、これで調べてみるね！」

「本当ですか！」

「うん。まっかせて！」

ライルの力になれるのが嬉しくて、ちょっとテンションが高くなってしまった。

「えーと、三国志《さんごくし》。十万本の矢！」

かの有名な孔明《こうめい》が、矢を集める為に取った策があったはず。

ネット検索でヒットした内容を、集中して読んでいく。

「ねえ、ライル。トーラスの船に近づくと、矢を放たれたりする？」

携帯電話から目を離さずに言うと、ライルの戸惑った声がした。

「え、ええ。今のところ、トーラスの船には魔術兵はおらず、弓兵と剣士だけだと聞いております。ですので、近づくと威嚇《いかく》の為に矢を射られると……」

「よし！」

「え？」

ガッツポーズをして、ライルを見る。彼は展開についてこられなかったようで、ぽかんと口を開けていた。

「ライル！　孔明の策だよ！」

「コ、コーメイ？」

「そう！　あのね、夜は月明かりだけになるでしょ？　そこで、船を出すの！　藁《わら》人形を兵士に仕立てて船に乗せて」

「藁《わら》人形を？」

驚きながらも、ライルはわたしの話に真剣に耳を傾けてくれた。

「たくさん乗せるんだよ、その藁《わら》人形。そして、トーラスの船に接近させるの！　そうしたら、どうなると思う？」

「……トーラス兵は弓で威嚇《いかく》射撃をしてきますね。ということは！」

「うん。藁《わら》人形を兵士だと間違えたトーラスの人たちは、藁《わら》人形にたくさんの矢を放ってくれるよ。それを回収すれば、さ」

「矢を一気に集められる、と。問題は解決しますね！」

「でしょう！」

さすが、三国志《さんごくし》に名高い孔明の策だよ！　て、あれ。このエピソードって、史実じゃなくって、創作の方だっけ？　ま、いいや。

とりあえず伝えたから、あとはライルの世界の人たちに任せよう。

「船に隠れる場所を作り、そこに魔術兵を隠して、彼らに船を動かしてもらえば……」

ほら、ライルの頭のなかで具体的な形になってきてる。

ライルは顔を上げた。その表情は先ほどまでとは打って変わって、とても晴れやかだ。

「ありがとう、カスミ！　さっそくトーニに相談しつつ、女王陛下に進言します！」

「う、うん！」

ライルが眩《まぶ》しいほどの笑顔で言った「女王陛下」という言葉。

「女性……だったんだ」

ぽつりと、呟いた。あれ、胸がズキズキする。

「カスミ、どうかしたのですか？」

心配そうなライルの声に、わたしはハッと意識を浮上させた。

「な、何でもないよ。あっ、ほら、これ！　チャーハンって言うの。どうせライルのことだから、食事まだでしょ。食べてよ！」

早口でまくし立てて、器《うつわ》をライルに突き出す。

「いつもありがとうございます。カスミは、本当に優しい」

「あ、はは。とっ、友達の為だもん。遠慮しなくていいからね！」

ズキズキと胸の痛みが酷《ひど》くなる。わたしはちゃんと笑えているだろうか。不自然ではないだろうか。

こちらの異変にライルは気づかない。きっと、女王様のことで頭がいっぱいなんだ。ライルの中心は、女王様、なんだ。

突き出した手が不意に軽くなった。ライルが器《うつわ》を受け取ったのだ。

そして彼は、微笑みを浮かべる。

「カスミ、貴女のおかげで、陛下の負担は減ることでしょう。陛下に代わり、私から感謝を」

女王様の身を案じて、わたしにお礼を言うライル。そんな彼を、見たくないと思った。ズキンズキンと、胸の痛みが強くなる。

「う、うん。ライルの力になれて、良かったよ」

「カスミは神からの祝福ですね」

「お、大げさだよ！　ほら、チャーハン冷めちゃうから早く食べてね！」

ライルの笑顔が女王様の為のものだと思うと、辛い。

会話を切り上げたいのに、でもライルともっと話したい自分がいる。

心がちぐはぐだ。

「このお礼は、必ず」

「き、期待しないで待ってるよ」

深々と頭を下げるライルに、冗談ぽく言う。だけど、言葉が上滑りしている気がした。

「じゃ、じゃあ、ライル。ま、またね」

「ええ、カスミ。おやすみなさい」

「うん、おやすみなさい」

震えそうになる手を何とか振り、わたしは固まった笑顔のまま、冷蔵庫の扉を閉めた。

そして、床に座り込む。

「わたし……どうしちゃったんだろう」

ライルがいつも嬉しそうに話していた「陛下」が、女性だと知っただけなのに。心が、凄《すご》く落ち込んでいる。

「……もー、何なのさ」

うずくまるわたしの脳裏《のうり》には、ライルの顔が焼きついていて、全然離れてくれなかった。

◆◆◆

「その策良いんじゃない」

「本当ですか！」

「うん。いやぁ、相談してみるもんだねぇ。カスミ、えらい子だ」

トーニがいつになく上機嫌な様子でカスミを誉めたので、私も誇らしくなる。

「まあ、まだアンジェリカにはカスミのことは話さない方が良いと思うし、お前の案ということでいくから。良いな？」

「……それは、仕方のないことだと思います」

カスミの功を横取りするようで、心苦しくはある。だが、安易にカスミの存在を知られるわけにはいかない。彼女を危険な目に遭わせるのだけは絶対に避けなくてはならないのだから。

実際、今こうやって話している場所も、城外にあるトーニの私的な実験室だ。城内では、誰かに聞かれる危険性がある。カスミに関しては、慎重にことを運ばなくては。

「カスミのおかげで、矢は何とかなりそうだ」

「ええ、カスミは救い主ですよ」

カスミを思い浮かべて微笑めば、トーニが目を丸くした。

「いやー、アンジェリカのこと以外で、お前そんな顔できるんだな」

「そんな顔?」

訝《いぶか》しく思い尋ねれば、トーニはあからさまに眉をひそめた。

「えー……、お前無自覚なの?　そりゃないわー……」

トーニの言い草に、少し腹が立つ。

「……何が言いたいんですか」

睨《にら》みつけているのに、トーニに気にした様子はない。飄々《ひょうひょう》と笑っている。

「いや、なに。ようやくお前にも春が来たなーって。鈍感なお前でも春は来るってわかって、お兄さん嬉しいよ」

「春……?　春ならとうに過ぎましたが?」

「いーのいーの、わかってるわかってる」

けらけら笑うトーニ。研究室にいるたくさんの魔法動物たちが、トーニの笑い声に合わせてぴょんぴょんと跳ねる。クピと同種の毛玉のような彼らも、妙に楽しそうだ。

「あ、そうだライル。お前のことだから、カスミへお礼の品を贈るんだろ？　一体、何だというんだ。その贈りものは、慎重に決めるんだぞ！」

「貴方に言われずともわかってますよ」

「いーや、わかってない！　あのな、『贈りものに失敗したらカスミに嫌われる！』ってぐらいの気持ちで挑めよ」

カスミに、嫌われる？

固まった私に、トーニはニヤリと嫌な笑みを見せた。

「嫌だろー？　そーならない為にもちゃんと考えるんだぞ」

そう言うと、トーニは私の背中をぐいぐい押した。私はされるがままだ。

――カスミに嫌われる。

それは、とても残酷な未来だ。

「あー、そろそろ鐘が鳴る！　会議に遅れるだろ。走るぞ、ライル！」

「……」

「ライル君は、使いものにならないんでしたね！　誰がそんな風にしたの？　はい、俺です！」

一人で騒ぐトーニに引きずられながら、私は城へと向かった。

一歩一歩が、凄《すご》く重い。

私はどうしてしまったのだろう――

答えは、出なかった。

◆◆◆

学校の昼休み。生徒たちがいっぱいの教室で、わたしは千尋と彩音ちゃんと一緒にランチタイムだ。クピはいつも通り、机の横でぶら下がっている。

「ねえねえ、ハロウィンやろー」

彩音ちゃんがにこにこ笑って言った。

「ハロウィンか……、あたしやったことないんだよね」

「楽しいよー。友達と一緒に仮装したりして」

「でも、ここらへんに仮装して歩ける場所ないけど」

「あっ、そっか。わたしは前に、東京に行ってやったんだー」

「東京かー」

千尋と彩音ちゃんの会話を耳で拾いつつも、わたしは物思いに耽《ふけ》っていた。

ライルとまだ見ぬ女王様のことを考えると、胸がもやもやして仕方ない。さらにはズキズキと痛みも出てくる始末だ。

ライルは女王様のことが好きなのかな。そして女王様は、ライルをどう思っているのかな。

「はあー……」

思わず盛大にため息をついてしまった。ぴたりと千尋と彩音ちゃんの会話が止まる。

「どうしたの、香澄ちゃん」

「でっかいため息なんかついてさ」

心配そうに見つめられて、心が弱っていたわたしは本心を隠すことができなかった。

「……男の人って、尊敬する相手が女性だった場合、その人に好意ももっているのかな」

しょんぼりと言えば、彩音ちゃんが目を輝かせた。

「香澄ちゃん、好きな人いるのっ？」

「えっ！」

す、好き？

戸惑って千尋を見れば、彼女は頷いた。

「つまり、香澄の好きな人が尊敬していたのは女の人だった、って話なんでしょう？」

「好き……」

わたしが、ライルを？

確かに、ライルの笑顔が好きだ。笑ってくれると気持ちが浮き立つ。頼ってくれて、力になることができて、凄《すご》く嬉しかった。

ライルに「カスミ」って呼ばれるのは、凄《すご》く、好き。ライルの視線を独り占めできる時間は、とても大好きだ。ライルにわたしを見てほしい。他の女の子を大切にしてほしくない。ライルにもっともっと頼ってもらいたい。

クピとわたしだけの静かな家。その空間を鮮やかに彩《いろど》ってくれるのは、ライルだ。わたしのなかで、凄《すご》く大きくて大切な存在。

――そう、好き。好きなんだ。わたし、ライルが好きだ！

自覚した途端に、全身が熱くなる。

「おーおー、赤くなっちゃって」

「やっぱり、好きな人の話だったんだね！」

「う、うん」

自覚したのが千尋たちの前で、良かった。

ライルを目の前にしているときだったら、きっと大変だったよ。

「それで、もう好きっていったの？」

「う……っ！」

無邪気な問いに、言葉が詰まる。

「その様子じゃ、まだみたいだね」

「……だって、今まで自覚なかったんだもん」

わたしの言葉にため息をついた千尋は、実は彼氏もちだ。

「香澄がこういう話に疎《うと》いとは思ってたけど、ここまでとは……」

「だってぇ」

今まで、こんなに胸をざわつかせる相手、いなかったんだよ。

「そっかー。もしかして、初恋？」

「に、なるかな？」

初恋相手が異世界の人って、なんか壮大だ。どう考えたって障害がいっぱいだよ。

「それで、相手は年上？　年下？」

「と、年上です」

「高校の先輩？　それとも大学生とか？」

「も、もう、働いているかな？」

騎士様だもんね。

「えー、大人ー！　すごーい！」

「す、凄《すご》くないよ」

「んー、大人かー。なら、甘えて陥落《かんらく》させるのも手だね」

「あ、甘える……っ!?」

そ、それは無理だ。ライルは、責任感が強くて、騎士として真っ直ぐな人だ。甘えたりしたら、わたしの存在は彼の邪魔になる。そんなの嫌だ。

「できれば、お互いに支え合いたいです……」

言ってて恥ずかしくなる。思わず俯《うつむ》いてしまった。

「香澄ちゃん、しっかりしてるね」

「まあ、そういう関係も悪くはないね」

「は、恥ずかしいよ。わ、話題変えよう！」

もう心臓が保たない！

「えー！」

「あたしとしては、もっと話を聞きたいけど」

「ハロウィンに我が家を提供するから！　もう、勘弁《かんべん》してください！」

そう叫べば、思いのほか声が響いてしまったらしく、わたしたちと仲の良い他のグループの子が食いついてきた。

「えっ、香澄ん家でハロウィンやるの？」

「楽しそう！」

「うん、そうだよ！」

もうヤケクソだった。我が家は一軒家。両親もいないことだし、友達に提供して何が悪い！　ライルの話題から逃れる為だ。一人暮らしバンザイ！

結局、ライルの話題からは無事に逸れて、千尋と彩音ちゃんを含めた六名を、ハロウィンの日に我が家にご招待することになったのだった。

家に帰って、わたしは自分の部屋に直行した。

鞄を放り出し、ベッドにダイブする。鞄ごと放ったので、怒ったクピが体を膨《ふく》らませて飛んできた。紐から自力で抜け出したらしい。やっぱり謎の魔法動物だ。

「きゅーぷー！」

「ごめん、クピ」

謝罪を受け入れてくれたのか、クピは大人しくなった。撫でると、体を丸くしてベッドの上に降り、そのまま「すぷー」と、寝始めてしまう。その姿を見ながら、わたしは小さく息をはく。

「……ハロウィンの衣装、用意しなくちゃなー」

別にハロウィンが嫌なわけではない。友達を家に呼ぶのも苦じゃない。

お菓子やジュースをもち寄って、皆で仮装して騒ぐなんて楽しそうじゃないか。

だけど、そうじゃなくて。今のわたしが憂鬱《ゆううつ》なのは、ライルへの気持ちを自覚したからだ。

異世界の人間であり、冷蔵庫を挟んででしか会話のできないライルを、本気で好きになってしまうなんて。

むちゃくちゃだ。初恋が異世界人とか。

「でも、好きなんだよー」

じたばたと手足を動かす。

「いつの間に、こんなに好きになったんだろう」

初めは最悪だった。

暫定《ざんてい》ストーカーにシュガーシュガーストロベリーのプリンを奪われ、怒りに任せて監視カメラを設置して。でも、ストーカーの正体は異世界の人間、ライルだった。

ライルはライルで、わたしを神様だと思って、祈りを捧げてきて。そんなちょっと抜けたところも、今は好きだと感じる。

料理を渡したときの「ありがとう」という言葉と笑顔。「美味《おい》しかったです」と告げられ、心が浮き立った。

それだけじゃない。優しい笑顔も、年上なのに偉ぶったりしない性格も、安心させてくれる笑顔も。みんなみんな、大好きだ。

でも、わたしたちは住む世界が違う。

「どうしたら、良いんだろう……っ」

それに、ライルは女王様を大切にしている。女王様の為に、一生懸命に頑張っているのだ。友達であるわたしに迷惑をかけて申し訳ないと言いつつ、異世界の知識に頼ったライル。そうまでして、女王様を守ろうとしているんだ。

——嫌だ。ライルが他の誰かの為に頑張る姿なんか、見たくない。

でも、ライルに嫌われるのはもっと嫌だ。友達ですらなくなるなんて、考えられない。

「……隠さなくちゃ」

わたしはぐっと拳《こぶし》を握りしめた。

「わたしの気持ち、ライルに知られちゃ、ダメだ」

鋭く痛む胸も、ライルを想うと高鳴る心臓も、すべて隠し通さなくてはならない。

ライルと、ずっと友達でいる為に。

目を閉じたら、涙がこぼれた。

◆◆◆

「またのお越しを」

深々とお辞儀をする店員に見送られ、私は店を後にした。

トーニが紹介してくれたのは、センドリア一と評判だという、装飾品の店だった。

カスミへの贈りものにちょうど良い品もあるだろうと言われて訪れたのだが、確かに納得のいくものを買えた。トーニに感謝しなくては。

「気に入ってくれると良いのですが」

綺麗に包装された小さな箱を見ていたら、込み上げてきた不安が口から出た。確かに良い品だが、カスミに気に入ってもらえないと意味がないのだ。

「ダメですね。弱気になっては……」

自嘲して、箱を制服の懐《ふところ》にしまう。

目的の品は用意できたが、ほかにも何か、カスミに贈りたい。

何がいいだろうかと考えながら商店街を歩いていると、とある雑貨屋から、小さな女の子と母親らしき女性が出てくるのが目に入った。二人とも笑顔だ。

「魔法の雑貨屋」

雑貨屋の看板にはそう書かれていた。

宮廷に出入りしない低位の魔術師のなかには、魔法のかかった雑貨などを売る者がいる。

この店は、そんな魔術師が営《いとな》んでいるのだろう。

窓からなかを覗く限り、女性が好みそうな可愛らしい装飾の施《ほどこ》されたものを取り扱っているようだ。店内にいる客も皆、楽しそうにしている。

「カスミも、喜んでくれるでしょうか」

店内にいる女性たちのように、カスミも笑ってほしい――

そう思い、私は店の扉に手をかけた。


「贈り、もの……？」

カスミは目をぱちぱちと瞬《また》かせた。そんな姿が可愛いと感じる。

「はい。カスミには、日頃からお世話になっていますし。先日は、有益な策も授けてくださいました」

「あ、はは。いや、あれはそんな」

カスミは困ったように笑っている。……もしや、迷惑だったのだろうか。

いや、勇気を出せ！　ライル・イグゼノス！

お前はカスミを思い、この贈りものを選んだんだ。これらは、カスミがもつべきなのだ。

私はまず、魔法の雑貨屋で買った品を差し出した。魔法の力が込められた石で飾りつけられた、手のひらほどの箱。

カスミの世界にマナはない。だからマナの供給を必要としないこれにしたのだ。石に込められたマナが、箱の仕掛けを動かしてくれるから、新たにマナを求めることはない。

「これは……」

「『妖精の夢』という品です。蓋《ふた》を開けてみてください」

「う、うん」

カスミがおずおずと箱の蓋《ふた》を開ける。

すると……

「わあ……！」

感嘆の声が上がった。

カスミの手のひらに乗った箱から妖精を象《かたど》った魔導人形が続々と現れ、そして各々が楽器を手に曲を奏《かな》で始める。

魔導人形の後ろでは、光の雨を降らせて踊る魔導人形もいた。

「凄《すご》い！　凄《すご》い！」

カスミは目を輝かせ、夢中になって魔導人形の作り出す世界を見つめている。

良かった、喜んでもらえた。私の胸は幸福感でいっぱいになっていた。

私の選んだ品で、カスミを楽しませることができたのが嬉しいのだ。

カスミが、目を輝かせたまま私を見た。

「ライル、ありがとう！」

満面の笑みとともに与えられた感謝の言葉に、一瞬息を呑む。

「ライル？」

不思議そうに名前を呼ばれたが、カスミに見惚《みと》れていたと言うのは恥ずかしく、動揺してしまう。

「いえ、私こそ。そんなに喜ばれるなんて、良い誕生日になりました」

なんとか笑みを浮かべて、ごまかすことしかできなかった。

「えっ！　ライル、今日誕生日なの!?」

「い、いえ、正確には三日後ですが」

「そうなんだ……」

慌てたせいで、つい誕生日などと言ってしまった。余計なことを口走ってしまい、後悔の気持ちを覚える。

しかし私の動揺に気づくことなく、カスミは考え込むように俯《うつむ》いた。

気がつけば、「妖精の夢」は止まっていた。

「ああ、終わったみたいですね」

「あ、本当だ」

「妖精の夢は、蓋《ふた》を閉めてもう一度開ければ、何度でも見られますからね」

「そうなんだ！　綺麗だったから、何度も見られるのは嬉しいなぁ」

カスミの言葉に、私も笑顔になる。カスミに喜んでもらえたのが、その喜びを与えたのが自分だというのが嬉しい。

「ああ、でも。飾りの石に込められたマナがなくなったら、動かなくなります。そのときは言ってください。都度、補充しましょう」

「うん！　ありがとう、ライル！」

はしゃぐカスミが、凄《すご》く可愛らしいと思った。

「あの、カスミ」

「なに？」

「実は、もう一つ贈りものがあるんです」

「え……！」

カスミは目を見開いた。二つ目があるとは思ってもいなかったようだ。

私としてはこちらが本命なので、受け取りを断られたくない。だからカスミが口を開く前に、彼女の空いている手に箱を落とした。

「な、なんか高級感のある包装だね」

「い、いえ、見た目ほど高くはないのですよ！　さあ、開けてください」

値段を理由に拒否されないよう、早口で言う。

「う、うん」

カスミは「妖精の夢」の箱を置くと、新たに受け取った箱の包装を丁寧に剥《は》がし始めた。

出てきたのは、透明な入れものだ。なかには、乳白色の石に装飾が施《ほどこ》されたブローチが入っている。

「ね、ねえ、これやっぱり高いんじゃ……！」

カスミの声が震えている。

「いえ、ですから見た目ほど高くはないのですよ」

「そ、そうなの……？」

硝子《ガラス》細工を触るかのように、おそるおそるといった手つきでブローチの箱をもつカスミ。

「ほ、本当にもらっても、大丈夫？　わたしがもらっちゃって、良いのかな？」

カスミは、冷や汗を流さんばかりの勢いで尋ね、私を見た。

「そこまで警戒されると、少し傷つきますね」

いや、少しどころじゃない。大いに傷ついていた。カスミの笑顔が見たいのに、彼女は顔を曇らせてしまっている。それは、私の望んだことではない。

「あ、ご、ごめんなさい。でも、こんなに立派なブローチ、わたしに似合うかなぁ？」

「似合います！」

気がつけば、即答していた。

「ラ、ライル？」

「このブローチは、カスミの為のものなんです。カスミ以外に誰がつけるというのですか！」

「じょ、女王様とか」

「え？」

カスミの呟きは余りにも小さく、聞き取れなかった。

「何ですか？」

聞き返すと、「なっ、何でもない！」とカスミは手を振った。

「とにかく、これは私の気持ちなのです」

「ライルの、気持ち……？」

「はい。カスミへの感謝が詰まっています。お守りにもなりますので、どうか、受け取ってくださいませんか？」

焦燥感を押し隠し、できるだけ穏やかに言うと、カスミはこくんと頷いてくれた。

ホッと息をはくと、カスミがくすりと笑う。

「ふふ、こんなに必死なライル見たの、久しぶりだね」

「そ、そうですか？」

「うん。初めて会ったときに、わたしを神様と間違えて以来かな？」

「それは、忘れてください」

あれは今思えば、凄《すご》く間抜けな姿だったことだろう。……思い出したくない。

「えー」

「えーじゃありません！」

「仕方ないなぁ」

そう言いながらも、カスミはくすくすと笑っている。

「……やはり、貴女は笑顔が似合う」

「ん？」

「いえ、何でもありませんよ」

カスミに贈りものを受け取ってもらえて、私の心は凄《すご》く満たされていた。

カスミといると、自分を偽ったりせず、ありのままの姿でいて良いという気がしてくる。初めから、醜態《しゅうたい》を晒《さら》してしまったからだろうか。

ブローチを見つめ微笑むカスミの横顔に、私も笑みを作るのだった。

◆◆◆

ライルから、プレゼントを二つももらってしまった翌日。

私は制服の内ポケットにブローチを入れた。ライルから、このブローチをお守り代わりに身につけるように言われたというのもあるけど——

わたし自身、好きな人からもらったものを、ずっと身につけておきたいという想いがあったのだ。と言っても、制服にブローチをつけるわけにはいかないから、内ポケットなんだけど。

そんなわけで、わたしはその日、うきうきと家を出た。

「危ない！」

学校に着いたところで、誰かの叫ぶ声が聞こえた。

目を向けると、運動場で朝練をしていた野球部の方から、ボールがわたしに向かって飛んできていた。

でも、足が竦《すく》んでしまって動けない！

ボールはもう間近。わたしの視線はボールに釘付けだ。ああ、ボールの縫い目が見える。このまま、激突するのかな。痛いかな、痛いよね。

そんな場合じゃないというのに、頭は考えることをやめない。すると突然、ぐにゃりとボールが歪《ゆが》んで見えた。

「え……？」

歪《ゆが》んだボールは、わたしを避けるように不自然に曲がっていく。

そして、私の後方で地面に落ち、ぽんぽんと跳ねて止まった。

あれ、今、ボールがわたしを避けたように見えたんだけど。

「だ、大丈夫ですかー!?」

野球部のマネージャーらしき女の子が、必死な顔でわたしの方に駆け寄ってくる。

「だ、大丈夫、みたいです」

わたしはころころと足下に転がってきたボールを拾い、女の子に渡した。

「どこにも当たっていませんかっ」

「はい、大丈夫です」

はっきりと言うと、女の子はホッと息をはいた後、何度も頭を下げてから運動場に戻って行った。

わたしはわたしで、先ほどの不思議な現象が頭に焼きついていて離れない。

「何だったんだろう……ん？」

ふと、内ポケットが温かいことに気がついた。そこには、ブローチが入っている。

「まさか……」

そうっと内ポケットを覗けば、乳白色のブローチが淡く光っていた。

「お守りって、そういうこと……？」

よし、これから毎日、身につけておこう。

魔法のある、ライルの世界。そこからの贈りものは、不思議がいっぱいだ。

4

さてさて、やってきました。今日はライルの誕生日！

誕生日と言えば、そう、ケーキ。

本当は手作りにしたかったけど、時間がなかったので、評判のお店でレアチーズケーキを買ってまいりました。

ライル、喜んでくれると良いな！　ケーキを欲しがるクピは、わたしの部屋に閉じ込めてきました。クピ、ごめんね！

「お誕生日おめでとう、ライル！」

冷蔵庫の内側からコンコンと合図の音が聞こえた、夜の八時。

わたしは勢い良く冷蔵庫の扉を開け、ケーキを差し出した。そしてなかの棚にケーキを載せて、ぱちぱちと拍手をする。

「え？　え？」

状況がわからないのか、ライルが目を瞬《またた》かせている。

「だから、誕生日！　今日はライルの生まれた日なんでしょう？」

「は、はい」

「こっちでは、誕生日にはケーキを食べるんだよ」

「ケーキ？　この艶《つや》やかなものが……？　こちらのとはずいぶん違うのですね」

「そっちのケーキってどんなの？」

「そうですね。強《し》いて言えば甘いパンでしょうか」

えー……甘いパンがケーキなの？　それは何とも味気ない。

いやいや、それよりも！

「ライル！」

「は、はい！」

想いは隠すと決めたけど、でも、これくらいは言っても良いよね？

ライルを真っ直ぐ見つめる。ライルも、わたしを見る。

「お誕生日、おめでとう。わたしと出会ってくれて、ありがとう！」

「カスミ……」

顔が熱い。心臓もバクバクいってる。

でも、本心だから。ライルと出会えて良かった。ライルを好きになって良かったって、思うから。

ライルはというと、微動だにしない。

やっぱり、わたしからのお祝いは迷惑だったのかな――。そう思ったとき、ライルがくしゃりと顔を歪《ゆが》めた。

「ラ、ライル!?」

やっぱり嫌だったのかな!?

「ラ、ライル、ごっごめ……っ」

謝ろうとした瞬間、ライルは花が開くように微笑んだ。それでいて、泣くのをこらえているのか、目がうっすら光っている。

「カスミ、ありがとうございます」

「う、嬉しい……？」

「はい。カスミには良くしてもらってばかりで。あまりにも嬉しくて、言葉になりませんでした」

そ、そうか。喜んでもらえたんだ。良かった！

「やはり、貴女は優しい」

「そ、そうかなぁ」

ライルに優しいって言われると、凄《すご》く照れる。

「私も、出会ったのが貴女で良かったです」

そう言うと、ライルは綺麗な、さっきのとは比べ物にならない程の笑顔を見せてくれた。

どうしよう、胸が苦しい。苦しくて、でも泣きたいぐらい嬉しい。

ああ、わたしは本当にライルが好きなんだ。

「カスミ、ありがとう」

ライルに出会えて良かったと言われただけで、良いと思える。友達でも良いって。

「ふふ、カスミの誕生日もお祝いしないといけないですね」

「あっ！　わたしの誕生日は、もう終わっているんだ」

「そうなんですか。それは残念です。ならば、来年はお祝いさせてくださいね」

「うん！」

ライルは来年もわたしと過ごしたいと思ってくれているんだ。

もう、それだけで胸がいっぱいになる。

来年の誕生日は、何としてもライルにお祝いしてもらおう。

◆◆◆

年を一つ取ったからといって、私の日常が変わることはない。

ただ一心に、民を守るため働く陛下をお守りすること。それに心血を注ぐのみだ。

そう、それが正しいのだとわかっている。

何も変えない。変わってはならない。私の忠誠は陛下に捧げている。それが騎士の在り方で、絶対の理《ことわり》であるべきだ。

わかっている。だが……

「……この、揺らぎは」

そっと胸を押さえる。

『お誕生日おめでとう、ライル！』

誕生日に贈られた言葉が、頭から離れない。気がつけば、何度も反芻《はんすう》していた。

今まで、何度も誕生日を祝ってもらってきた。幼いころには父母や兄たちに。成長してからは、友人たちに。領民が祝いの品をもってきてくれたことだってあった。

そう。自分にとって誕生日は、感謝し粛々《しゅくしゅく》と祝いの言葉を受け取る日である。そのはずだった――カスミに祝われるまでは。

「彼女の言葉は、胸の奥にまで響く……」

そう呟いたとき、「そっちへ行ったぞ！」という城の騎士たちの声がした。

そうだ。ここは王城であり、私は任務中だ。思考を切り替えねばならない。

腰に下げた鞘《さや》から、剣を引き抜く。

「光を司る神よ、我に加護を。我が剣に、不浄を払う力を与えたまえ」

神に祈りを捧げると、剣がうっすらと光を放つ。これは初級の魔法で、剣のサビを防いでくれるのだ。

そして、神経を研ぎ澄ます。

今宵《こよい》は闇夜《やみよ》。闇《やみ》にまぎれて、陛下のおられる王宮に賊《ぞく》が侵入した。奴らは、陛下を狙っている。

「慈悲は、無用」

微《かす》かにだが、風を切る音がした。賊《ぞく》はこちらに向かっている。

騎士団の仲間の声を意識の外に出し、賊《ぞく》の音だけを拾うべく集中を高めた。

「……来る」

呟いた瞬間、廊下の曲がり角から黒装束の男が飛び出してきた。

まさか、人がいるとは思わなかったのだろう。黒い布で覆《おお》われた顔のなか、唯一露《あら》わになっている目が驚愕に見開かれていた。

しかしそれも一瞬のこと。すぐさま抜き身の短剣を構え、賊《ぞく》は私へ向かってくる。

一切の声を出さないところを見ると、訓練を積んだ暗殺者だろう。

「ですが、気配を気取られるようでは甘い」

「……シャア！」

音のような声で威嚇《いかく》する賊《ぞく》に向かい、私はただ一直線に剣を下ろす。トーニに言わせると、「お前の剣、早すぎて残像すら残らねーな」という私の剣は、確実に賊《ぞく》を捉《とら》えている。

「死になさい」

賊《ぞく》の体から血が溢《あふ》れ出し、振り下ろした剣に血が伝う。

私は、目前に声もなく落下する死体を、ただ見下ろしていた。

すると、賊《ぞく》の飛び出してきた廊下から、一人の騎士が走ってきた。

「そこにおられるのは、ライル殿ですか！」

ぴっと剣を振り、血を飛ばしてから彼へ顔を向ける。

「はい、私です。賊《ぞく》は、そこに転がっていますよ」

「……殺したのですか？」

騎士の声には、少しばかりの非難が込められていた。おそらく生け捕りにして、何らかの情報を得たかったのだろう。

「生かしていても、何の益もありませんよ。口のなかを見てみてください。奥歯に毒が仕込んであるはずです。自害用ですね」

そう伝えると、騎士は膝をつき賊《ぞく》の口をこじ開けた。

「……確かに」

「死ぬとわかっていて陛下に仇《あだ》なす輩《やから》など、生かす理由はありません」

立ち上がった騎士は、私に一礼した。彼と私は同じ騎士という職ではあっても、制服が違う。彼は王宮の護衛を任されている騎士で、私は近衛《このえ》の騎士だ。立場が違うのだ。

「近衛《このえ》騎士であるライル殿のお手を煩《わずら》わせて、申し訳ない」

「いえ、加勢せよと陛下からの命でしたので」

「陛下が……」

騎士は自身の力不足を悔いるように、視線を下げた。

「では、私は陛下のもとへ戻ります」

「後のことは、こちらで処理します」

「ええ、頼みましたよ」

剣を鞘《さや》に戻し、踵《きびす》を返す。倒した賊《ぞく》のもとに、ほかの騎士たちも到着したようだ。

「さすが、ライル様だ」

「神速《しんそく》の名に相応《ふさわ》しいな」

騎士たちの声が聞こえた。思わず口を引きしめる。

「神速《しんそく》」の二つ名は、陛下から頂いたものだ。だが、本当にそれだけの実力が私にあるのだろうか。

「……いや、今は考えても仕方ない」

私はただ、陛下の敵を減らすのみだ。

血の臭いにも慣れ、表情を変えることはなくなった。死体を増やしても、心は凪《な》いでいる。

これが、騎士としての私の日常なのだ。

なのに、何故《なぜ》だろう。カスミの面影が、頭から離れないのは。

彼女にはこんな自分を見られたくはないと、思ってしまう。

「闇夜《やみよ》だからでしょうか。妙なことを考えるのは」

頭を振って意識を切り替え、私は陛下の執務室へと急いだ。

騎士寮に戻ったのは、日付が変わってだいぶ経ってからだった。

誰もいない部屋は寒々しいものなのだが――

「よーう、ライル！　邪魔してるぜ！」

今日は違っていた。

口をもごもごさせながら、トーニが椅子に座り手を振っていたのだ。灯《あか》りも点いている。

「無断で部屋に入るの、やめてください」

「俺とお前の仲だろー？」

「どんな仲なんだか……」

部屋は施錠しているのだが、トーニは上位魔法を使って簡単に部屋のなかに転移してくる。この魔法は非常に難しく、我が国ではトーニしか使えない。犯罪にも使える魔法だが、今のところトーニにその気はないようだ。つくづく、敵に回してはいけない相手だと思う。

トーニはカラカラと笑いながら、また何かを頬張った。

「トーニ、先ほどから何を食べて……って、カスミのケーキじゃないですか！」

そう、トーニが遠慮なしに食べていたのは、カスミから贈られたケーキだったのだ。

「おっ！　これケーキなの？　俺の知るケーキとは全然違うなぁ」

私の憤《いきどお》りなど気にした様子もなく、トーニは感心したようにまたひと口、頬張った。

「何やってるんですか！」

ケーキの載った皿を取り上げようとしたが、トーニは離さない。私の方が力は上のはずなのだが、皿はぴくりとも動かなかった。トーニが何らかの魔法を使ったが、はたまた食への執着故《ゆえ》か。

「卑《いや》しいですよ」

「うるせー。これだけ長く生きてきて、こんな美味《うま》いケーキ食ったのは初めてだ。仕方ないだろーが」

「だからって、人様のケーキを食べて良いことにはなりません」

隙をついてトーニからケーキを取り上げた。

「ライルのケチっ、独り占めかっ！」

「当たり前です。これはカスミが私にくださったケーキなのですから」

大切な、誕生日のケーキなのだ。

私の言葉に思うところがあったのか、トーニは気まずそうに視線を逸らした。

「そ、そうか……。それは悪いことをした」

「わかれば良いのです」

やけに素直に謝罪したトーニを訝《いぶか》しく思いはしたが、追及するのはやめておいた。トーニが素直なことが、少し気味が悪かったのだ。

ようやく私も椅子に座り、彼と机を挟んで向かい合う形になった。

「それで、こんな時間に何の用だったんですか？」

「ああ、そのことだが――ちょっと待ってくれ」

手を振ると、トーニは「闇《やみ》の神よ、我らが声に夜の幕を下げられよ」と、音声遮断の魔法を唱《とな》えた。

部屋に、トーニを中心にして黒い靄《もや》が広がる。そしてその靄《もや》は、ゆっくり消えた。

私に視線を移したトーニが苦笑を浮かべる。

「まあ、念の為だ。聞かれるとまずい話ではあるからな」

「先ほどの、賊《ぞく》のことですね」

「まあな」

トーニが真剣な表情になった。

「あの賊《ぞく》が狙ったのは、アンジェリカの命だ」

「やはり、ですか」

トーニの率いる魔術師たちのなかに、死者の魂と会話ができる者がいる。死んでから一日以内という制限つきではあるが、問いに答えてくれるらしい。

死者の魂は嘘をつかないと、その魔術師は言っているそうだ。

「それで、賊《ぞく》の所属はわかったのですか？」

尋ねると、トーニは苦々しい顔つきで首を横に振った。

「いーや。魂は嘘はつかないが、死者が執着していた情報ははかないらしい。死んでも組織は裏切らないなんて、あの賊《ぞく》、手練《てだ》れだったんだろうな」

「そうですか……。何とも口惜しいですね」

拳《こぶし》を握りしめ呟くと、トーニは息をはいた。

「何言ってんだ。その強い賊《ぞく》を、お前が倒したんだろ」

「ええ。身体的にも、服装にも特徴がなかったので。後はトーニの魔術師に任せようと思い斬りつけましたが」

何ともなしに言えば、トーニは呆れたとばかりにまた盛大に息をはく。何だというのだ。

「あのな、宮廷はお前の話でもちきりだぞ。っていっても、賊《ぞく》の侵入を知っている奴らのなかでだけだけどな！」

びしっと指を差すトーニに気圧《けお》され、少し身を引く。

「は、はあ」

「何だよ、その気のない返事は！　騎士団のなかじゃ、神速《しんそく》のライルは本物だったーって、実際のお前の働きを見たことのなかった若手を中心に大盛り上がりだぞ。死体を任せたうちの魔術師からは、斬り口が綺麗ーとかも言われてたし」

後半は嬉しくない気がしたが、私はこくこくと頷くにとどめた。

「お前、最強だよ。剣の腕はな。まあ、魔法は俺に劣るけどね」

「魔術師長に勝てる騎士なんていませんよ」

「まあなー、じゃなくてさ！　俺が言いたいのは、皆がお前を頼りにしてるっていうことだよ」

その言葉に目を見開く。私の反応に、トーニは眉を寄せた。

「何だよ、自覚ないのか。ああそうか。どうせお前のことだから、自分は力がないだとか本気で思ってたのか」

「う……」

「やっぱりなー。安心しろよ。お前は力はある。後は心だけだ」

「心……」

トーニは頷いた。

「お前には、真に守りたいものが足りないんだよ」

トーニの真っ直ぐな眼差しが、私を貫く。その目から逃れたい気がして、とっさに口を開いていた。

「わ、私は陛下を」

「お前のそれは、己《おのれ》に課した義務だ」

「違う！」

私は陛下に忠誠を誓っている。そこに偽《いつわ》りなどない。だが、陛下の前に浮かんだ面影に、動揺してしまう。

そんな私を、トーニは静かに見つめていた。

「お前のアンジェリカへの忠誠心を疑ったわけじゃない。ただ、まあ。言い方を変えよう」

「トーニ？」

「年長者の説教みたいなもんだ。よく聞けよ。お前には、真に守りたい存在を認める覚悟が、足りてないんだよ」

トーニの言い方では、私はもう真に守りたい存在を見つけているように思える。

「認めることができたとき、お前は大きく成長するだろうな」

そうして、トーニはニッと笑う。

私は先ほど浮かんだ面影に強く動揺したまま、彼を見た。

「まあ、説教はここまでだ。うちにちょっかいをかけてくる奴らや、アンジェリカの敵対者とか。問題は山積みだからな」

「あ、ああ、そうですね」

話題が変わったことに安堵する。息をつき、顔を引きしめた。

「ライルが提案した策だけど、採用されたから」

「矢の補充ですね」

カスミから教わった方法は、トーニと議論を重ねた上で、彼から陛下に奏上《そうじょう》してもらっていた。

「やっぱりカスミは凄《すご》いわ」

「そう、ですね。彼女にはお世話になってばかりです」

カスミを思い出し、どくんと胸が鳴る。自身の反応に戸惑いが生まれた。

だが私の様子の変化にトーニは気づいた風もなく頬杖をつき、衣装棚を見ている。

「異世界の少女に、異世界の知識。本当、お前は得難《えがた》いものを得たわ」

「……これ以上カスミを利用するつもりはありません」

トーニがカスミをもののように言うのが、嫌だと思った。だからだろうか、口調に怒気がまじったのは。

自然と、トーニを見る目も険しくなる。

衣装棚からこちらに視線を移したトーニは、ニヤリと口角を上げた。

「あらあら～、ライルくん怒ったのかな～？」

茶化すような口調に、怒りがわく。

「カスミは大切な友人なんです。怒るのも当然でしょう」

「友人、ねぇ」

トーニの含みのある言い方に、怒りと苛立ちが募る。何が言いたいのだろうか。

彼は椅子の背もたれに身を預けると、ゆらゆらと前後に体を揺らした。

「あのなー、ライル。お前は、本当に鈍いよ」

「は……？」

突然鈍いと言われ、反応できずにいた私に、トーニは「困ったやつだなぁ」と、さらに体を揺らす。椅子が壊れるから、やめてもらいたい。

「鈍い！　このっ、女泣かせ！」

「何のことですか！　私がいつ、女性を泣かせたと」

まったく心あたりがないため、つい声を荒らげてしまった。

トーニは変わらず、ニヤニヤと笑っている。

「泣かせてるさ。でもお前本当に鈍くて、自分の気持ちにも自覚がないぐらいだからねぇ。しょうがないのかなぁ」

「自分の、気持ち？」

首を捻《ひね》ると、トーニが盛大に息をはいた。

「あーもー、ダメだねぇ。言っちゃいたいけど、だけど、こればかりは自分で気づかないと意味ないし」

「教えてはくれないのですか？」

「うん」

トーニは体を揺らすのをやめると、あっさりと頷いた。

「ライルは鈍いから、なかなか答えに辿り着けないかもしれない。けど、よく考えろ。答えはすでにお前のなかにあるんだからさ」

「私の、なかに……」

トーニの言葉には重みがあった。

私より遥かに長く生きてきたトーニは、若輩者である私を彼なりに導こうとしているのだろう。

ただ、私が理解できていないだけなのだ。

私のなかにあるという答え。

今はまだわからないが、それでも、それを認めたときに、私が変わってしまうという予感があった。情けないことに、私はそれが怖い。

「まあ、急《せ》かす話でもないからな。ただ、俺はお前には幸せになってほしいよ」

「トーニ……」

先ほどまでニヤついていたのが嘘のように、優しい顔をしたトーニ。

彼はたびたびこんな顔をする。

温かな眼差しを向けられると、自分が子どもに戻った錯覚《さっかく》に陥《おちい》る。

「……トーニには敵《かな》いませんね」

先ほど一瞬感じた怒りは、すでに静まっていた。

「まあ、年長者だからなぁ。色々考えてんだよ、これでも」

宮廷魔術師長の重責は、私には想像もつかないものだろう。

「年の功には勝てません」

「あっはっはー、俺を年寄り扱いすんなよー？」

「してませんよ」

苦笑を浮かべ否定すると、トーニは特に怒っている様子もなく、「まー、良いけどさ」と軽い調子で言う。そして、ちらりと私の手元にあるケーキに視線を移した。

「……あげませんよ」

腕でケーキを隠し、トーニを牽制《けんせい》する。

「いやいや、一切れで良いからくれよ。宮廷で研究して、我が国のケーキに革命起こすからさー」

「…………一切れ、なら」

センドリアの食文化が成長するのなら、国に仕える騎士として協力すべきだと、思う。……複雑だけど。

「いやー、助かるわ」

「本当に、一切れだけですからね」

念を押して、しぶしぶ切りわけた。

「……はい、どうぞ」

「ありがとな！　絶対、流行《はや》らせるから！」

トーニは小躍りする勢いでくるくる回りながら、扉に向かった。

「それじゃあ、また朝に宮廷で会おう、友よ！」

「はいはい。願わくは、今度は私が部屋にいるときに、ちゃんと扉から入って来てくださいね」

「へーい！」

軽い足取りで部屋から出て行く友人を、ため息まじりに見送った。

しんと静まり返った夜の部屋のなか、トーニとの会話を思い出す。

「……真に守りたい存在、ですか」

トーニに問われたとき、誰よりも先に浮かんだ面影は、幼い顔立ちの、無垢《むく》な少女。

「カスミ……」

名前を呼んでも、答えが返るはずはない。彼女は、異世界にいる。

それでも、呼ばずにはいられなかった。

「カスミ、私は……」

言葉の先は、出てこない――

◆◆◆

ハロウィンまで、あと数日に迫った日。夕飯を終えたわたしは、大いに悩んでいた。

自室のベッドの上には、黒いローブとゴスロリ調のミニスカートのワンピース。あと、魔女っ娘《こ》風のステッキに、しましま模様のニーソックスまである。

これらはすべて、彩音ちゃんが貸してくれたハロウィン用のコスプレ衣装だ。

「う、うーん。わたしが着るには、可愛過ぎるよね、これ？」

彩音ちゃんからは、「魔女の衣装だよー」としか言われてなくて、家に帰っていざ渡された袋を開けてみたら、こんなキラキラ衣装が入っていたのだ。

「うーん……」

部屋にある姿見の前で、黒色のワンピースを体に当ててみる。

「スカート、短いっ！」

これにニーソをはいたら、スカートとソックスの間の肌、すなわち絶対領域にこんにちはだ。

女の子しかいないパーティーとはいえ、ちょっと恥ずかしい。

でも、彩音ちゃんの厚意を無下《むげ》にはできないし……

「うー……、女は度胸！」

自分自身を叱咤《しった》して、わたしは勢い良く部屋着を脱ぎ捨てた。クピが下敷きになるが、気にしない。

「ミニスカが何さ！　学校の制服より、少し短いだけじゃない！」

ひらひらのフリルだって、可愛いし。一度は着てみたい気も、する。……うん。

「何か紐とかごちゃごちゃしてるなぁ。あっ、ファスナーはここか」

初めて着る服だから少し手間取ったけど、何とか着ることができた。

「へ、へー。こうなるんだ」

姿見のなかに、顔を赤くしたわたしが映っている。

スカートも、思ったよりは短く感じなかった。うん。レースが折り重なっていてかっこいいかも。

「……全部、着てみようかな」

どうせ数日後には、皆にお披露目するのだ。完成形を今から確認しても良いはず。

「えっとソックスをはいて……」

ソックスは、スカートとの絶妙な距離を保つところまで伸びた。絶対領域の完成である。

「うわー、こうなるんだ」

後は、ローブを羽織ってステッキをもつだけだ。

「うわっ、ローブもおっしゃれー！　刺繍《ししゅう》とかレースが細かい！」

さすが可愛い物好きの彩音ちゃんだ。すべてが可愛さに溢《あふ》れている。

ワンピースが見えるようにローブを背中に流しぎみに羽織り、ステッキをもつ。そして、再び姿見の前に立った。

「な、なんか。わたしじゃないみたい……」

そこにいたのは、ファンタジー小説に出てくる魔女っ娘《こ》そのものだった。い、意外と、似合っているかも？

「うわーうわー、こうして合わせてみると、雰囲気あるー！」

ぴょんぴょんと跳ねてみて――止めた。スカートのふんわり具合で、下着が見えそうだ。

しばらく姿見のなかの自分を見つめる。

「……この姿なら、ライルの世界にいても違和感ない、かな？」

ファンタジー世界の住人であるライルの隣に、今のわたしなら立っても良いんじゃないか。そんな風に思ったのだ。

「ぷきゅ？」

服の下から出てきたクピが不思議そうに鳴いた。それに苦笑で応《こた》え、再び姿見を見る。

そう、今の姿で冷蔵庫越しじゃなくて、ちゃんとライルの横に立ちたい。ライルと、もっと近い距離で話したい。

もっと、もっと……

気づけば、姿見のなかのわたしは泣きそうな顔をしていた。

「無理、だよね。そんなの。だってさ、ライルには……」

女王様が、いるんだから。

きっと立派で綺麗な女王様。その隣にライルはいるんだ。わたしみたいな普通の女の子じゃなくて――

「……気持ち、隠すって決めたんだから」

言い聞かせるように、呟く。

ライルを好きだという気持ちは、隠す。隠さなくちゃいけない。彼の友達として、あり続ける為に。

ライルに笑顔を向けてもらえなくなるなんて、考えたくもない。そんなことになるぐらいなら、気持ちを隠した方がずっと楽だ。

女王様のことを話すライルを見て痛む胸なんか、どうってことない。我慢できる。会えなくなるより、ずっと、ずっとマシだ。

「ライルとわたしは、友達。友達、なんだよ」

言い聞かせれば言い聞かせるほど、胸がズキズキと痛みを訴えてくる。

ライルを想えば、嬉しさと悲しさが溢《あふ》れる。相反する想いなのに、なんで両立してしまうのか。

初めての恋は、わたしに痛みばかりを与えてくる。

姿見に、そっと触れた。鏡の向こうのわたしは泣きそうで、でも優しい顔をしている。

「たとえ、痛くても。それでも……」

想うことは、やめられない。ライルへの想いは、日々育つばかりなのだ。

わたしなんかを神様と勘違いしちゃうぐらい間が抜けているのに、自分の仕事には責任感をもっている。

どんな表情をしても綺麗なのは、ずるいと思うけど。でも、心も綺麗だとわたしにはわかっている。

真っ直ぐで、笑顔の素敵なライル。弱さと優しさをもつライル。

そんなライルだから、わたしは好きになった。

「だから、辛くないよ。気持ちを隠せば、ライルの友達でいられるんだから」

それはとても歪《いびつ》なことなのかもしれない。でも、わたしにとっては精一杯の恋の仕方なのだ。

姿見に映る自分に向けて、笑顔になる。よし、いつものわたしだ。ちゃんと笑えている。

「大丈夫！」

ぐっと拳《こぶし》を握り、そして何気なく時計を見た。

時計の針は、八時をとっくに過ぎていた。

「しまった、ライルとの約束の時間過ぎてる！」

わたしの部屋着の下では、何故か再びクピがうごうごとさまよっている。でもごめん、クピ！

助けてあげる時間はない。

「きゅぴー！」

「自分でなんとかして！　ごめんね、クピ！」

悲痛なクピの叫びを背に、慌てて部屋を出た。ライルに時間を守れない子だと思われるのは嫌だ。

二階の自室から、階段を音を立てて下りる。向かうは台所だ。

冷蔵庫から、コンコンと音がする。わたしは走り込んだ勢いのまま、冷蔵庫を開けた。

「ライル、ごめん！」

「カスミ……」

向こう側のライルが、ホッと息をはいた。

「時間になっても現れないので、何かあったのかと」

ライルは凄《すご》く心配してくれたようだ。そのことを申し訳なく思う反面、嬉しいと感じている自分がいる。

恋心は複雑なのだ。

「ちょっと、ごたごたしてて。本当にごめんなさい！」

「無事な姿を見られたのですから、もう良いのですよ。それよりも……」

ライルは、わたしから少し視線を逸らした。どうしたんだろう。

「きょ、今日はいつもと、装《よそお》いが違うのですね」

「あ……」

そうだった。今のわたしは、ハロウィン仕様だ。しかも、割と派手な格好の。

「あ、えーと。へ、変だよね」

フリルやレースたっぷりの今の姿は、似合っていないのかもしれない。だから、ライルはわたしから視線を逸らしたのかも……

ちょっと落ち込んで言えば、ライルは視線は逸らしたままだけど、首を横に振った。

「いえっ、似合っていますよ。ただ、その、目のやり場に困ると言いますか……」

「へ？」

はて？　いや、待て。もう一度自分の姿を思い出そう。今のわたしはゴスロリ魔女。しかも、ミニスカート。でもって絶対領域つき！

「あっ、ごめん！」

ライルの動揺しまくりの様子から察するに、もしかしたら彼の世界ではミニスカートは珍しいのかもしれない。

「カスミ、年頃の女の子がそんな姿をするのは、感心しません。あ、足を男性に見せるなど……」

顔を赤くし、視線を逸らしつつも、わたしをたしなめるライル。そっか、ライルの世界に絶対領域はないのかー。

残念に思いながら、スカートの裾をくいくいと引っ張って少しでも足を隠そうとしてみた。あまり意味はなかったけどね！

「相手が私だったから良いものの、他の誰かに見られでもしたら……」

「いや、わたしの世界なら、これぐらいは」

「カスミ！」

「は、はい！」

「うら若き女性が、そのようなことではなりません！」
ラ、ライル。怖いよ……っ！　顔は赤いし、目もこっちへ向けられていないけどさ。

「……まあ、私もあまりくどくど言いたくはありません。反省してくだされば良いのです」

「はい……」

わたしが項垂《うなだ》れると、ライルが咳払いをする。そして、ようやく視線をわたしに戻した。頬はもう赤くない。ただ、しっかり目を合わせて、決して視線を下げることはなかった。

わたしはというと、じっと見つめられているのが恥ずかしくて、顔がどんどん熱くなっていく。

な、なんか、気まずい……

「カスミ」

「は、はい！」

名前を呼ばれて、思わずビシッと姿勢を正す。

すると、ライルが苦笑を浮かべた。

「すみません、私のせいですね。できれば、緊張を解いてくださると嬉しいのですが」

「あっ、う、うん」

苦笑を浮かべたライルにそうは言われても、やっぱり一度羞恥心《しゅうちしん》を覚えると気にしちゃうって。

恋する女の子って、複雑だ……

「先ほどは少し口うるさいことを言ってしまいましたが、似合っていますよ」

「あ、ありがとう」

さすが騎士様。誉め方がスマートだ。

そしてそして。……なんかわたし、子どもみたい。いや、実際まだ子どもなんだけどさ。

ライル、二十歳過ぎてるんだよね。大人だなぁ。そんな人から見たら、わたしはやっぱりお子様だろうか。

内心複雑なわたしをよそに、ライルは不思議そうに首を傾げた。

「カスミは普段から見慣れない服ばかり着ていましたが、そのような魔術師に似た格好もするのですね」

「あ、これは……」

何と説明しよう。ハロウィンと言っても伝わらないだろうし……

「カスミ？　どうしたのですか？」

「あ、ごめん。ライルを無視したわけじゃないから！」

「ええ。貴女はそんなことをする人ではありませんから」

その言葉に、ライルに信用されているように感じて、胸が高鳴った。

「え、えっとね。これ、お祭り用の衣装なんだ」

「祭事があるのですか？」

「祭事って言うほど、堅苦しくないよ。なんて言うかな、こんな風に仮装して、お菓子をもらう行事みたいなものなんだ」

「仮装……、お菓子……？」

あんまりピンときていないみたいだ。

「ハロウィンって言うんだけど。もともとは子どもたちがお化けの仮装をして、色んな家を訪ねてお菓子をもらう行事でね。あ、もらう前に、お菓子をくれるかいたずらをされるか、どっちが良い、って聞くんだ。それで、大人たちがお菓子を渡すの。最近だと、子どもだけじゃなく大人もこうやって仮装したりして楽しむようになっているんだよ」

「ああ、それでカスミも仮装をしていたのですね」

「うん。ハロウィンは数日先だけど、今日は準備してたの」

よしよし、話していくうちに、気持ちも落ち着いてきた！

「はろうぃん……」

ライルは顎《あご》に指をかけ、少し考え込む様子を見せた。

「どうしたの、ライル」

「いえ……、我が国では祭事と言えば、神々への感謝を捧げるものなのです」

「な、なんだか仰々《ぎょうぎょう》しいね……」

確かに日本の祭事も仰々《ぎょうぎょう》しいものはあるけれど、クリスマスとかバレンタインなど、皆で楽しむイベントは盛りだくさんだ。

「祭事は、神殿が執り行うものですから。民は参加すらできません」

「えー、つまらないじゃん！」

いや、そりゃ祭事も大切なんだろうけど。でも全然楽しそうじゃない内容に、本音が出てしまう。

わたしの言葉に、ライルは苦笑で応《こた》えた。

「確かに、我が国の祭事は民にはあまり馴染《なじ》みはないですね。ですので……」

ライルはじっとわたしを見る。

「な、何……？」

あまりに強い視線に、たじろいでしまう。

「はろうぃんについて、もっと教えてください！」

「へ……？」

ハロウィンを？

「国を支えるのは、民です。民の幸せが国を豊かにすると私は思います」

「う、うん」

「カスミの語るその行事は、カスミたちにとって楽しそうなことだと理解しました。ならば、我が国でも楽しく受け入れられるはず。まずは祭事ではない、民に根づく行事を作ることを考えます。そのために、ぜひ『はろうぃん』について教えてください。トーニに話せば、きっと我が国に見合うものにして、民に伝え、行事を実現してくれるはずです」

そういえば、トーニって偉い人……エルフだったんだよね。

「それで、まずはハロウィンを始めたいと」

「はい！　民の喜びは陛下の幸福ですから」

「女王様の、ため……？」

ライルは今女王様の為に、わたしから知識を得ようとしているんだ。

ズキンと、鋭く胸が痛んだ。ライルの真っ直ぐな眼差しを、嫌だと思ってしまった。その目は、女王様を想うものだから。

そして女王様の為に、わたしを利用しようと……

いいや、ライルにその気はない。ただ、彼は一生懸命なだけで、そしてその気持ちすべてが、大切な女王様に繋《つな》がっているというだけなのだ。

やだな、胸が痛い。痛いのが止まらないよ。

「カスミ？」

ライルの呼びかけに反応しなくちゃ。ほら、さっき姿見の前で笑う練習したじゃない。笑って。笑って、香澄。お願い、だから……

硬い口元を、無理やり上げる。

「ごめん、ちょっと考えごとしてたんだ。えっと、ハロウィンだよね！」

笑えてるよね？

大丈夫なはずだ。だって、ライルは疑う様子もなく頷いている。

「ちょっと待ってて、詳しい内容を調べてくるから」

「カスミの知っている範囲で良いのですが……」

「良いの、良いの！　友達の為だもん。ちゃんと調べたいんだよ」

言いながら、わたしはすでに冷蔵庫に背を向け、台所の入り口に向かっていた。

「あ、カスミ……」

ライルが引き留めようとする気配を感じたけど、振り向かない。ううん、振り向けない。

「ちょっと、待っててねー」

声だけで答えて、足早に台所を出る。居間に向かいながら、だんだん上げていた口角が下がっていくのがわかった。

「さー、パソコン見なきゃなー……」

独り言も震えている。本当は調べものは、ポケットのなかにある携帯電話でできる。

だけど、ライルのそばにい続けるのが辛かったのだ。

居間にあるノートパソコンの前に立ったときには、もう限界だった。

ぽたぽたと、閉じられたノートパソコンの上に水滴が落ちる。

「あ、はは……やだな」

水滴——涙は、わたしの頬も濡らしていた。

「ダメだよ、香澄。隠すって、決めたじゃん。なに、泣いてるの」

震える声で、自分に言いきかせる。けれど視界は揺らいでいて、胸には棘《とげ》がささったままだ。

「わかってたじゃん。ライルには、女王様がいるって……」

涙を手の甲で拭《ぬぐ》い、言い聞かせる。何度も、何度も。

「ライルは友達。わたしたちは、友達にしかなれない……」

傷つくのは怖い。想いを告げることはできない。だって、告げたら今の関係が崩れてしまうから。

それは嫌だ。

「大丈夫、隠し通せば。ずっと、友達でいられる」

そうするって、決めたんだから。

「……ライルのところに戻る前に、顔洗わなきゃな」

今のままでは、泣いたというのが丸わかりだ。ライルは優しいから、きっと心配する。そして、涙の原因を聞かれるのだ。それは避けなくてはならない。

わたしは深く深呼吸をした。涙はもう止まっている。

「……よし！」

女王様の為とはいえ、ライルは真剣なんだ。なら、応援したい。

わたしは、ノートパソコンを立ち上げると、ハロウィンについて調べることにした。

心に刺さったままの棘《とげ》については、気づかない振りをして。


「ねー、皆お菓子もってきた？」

「もっちろん！　ジュースもあるよー」

「着替えも、準備万端！」

ハロウィンの日。我が家は華やかな賑《にぎ》わいを見せていた。

皆、気合いの入った仮装をしている。

居間のテーブルは、お菓子が山盛り状態だ。

因《ちな》みにクピは、お母さんたちの部屋に待機してもらっている。相当抵抗されたけどね。

でも、最後は力押しでいかせてもらいました！

「ではでは、パーティー会場を提供してくれた香澄に感謝しつつー！」

ジュースの入ったコップを皆がもち、掲げた。

「トリック・オア・トリート！」

同時に叫ぶと、皆から笑いが起きる。

「もちろん、お菓子一択で行くぞー！」

誰かがおどけたそれが合図になったのか、皆ジュースを飲んだり、お菓子に手を伸ばしはじめた。

「あっ、このチョコ美味《おい》しい！」

「どこのメーカー？」

「ハロウィン限定チョコなんだー」

わいわいと盛り上がっている。

初めはそれぞれがもち寄ったお菓子の話題が中心だったけど――

わたしたちは、年頃の女の子なのだ。なので、話はだんだんハロウィンから離れていく。

「ねー、A組の榊原《さかきばら》くんって、かっこいいよねー」

「あ、バスケ部の？」

「そうそう。まだ、彼女いないんだって」

「そうなの？」

そう、こんな風に恋の話に移っていくのだ。

「隣のクラスにも、かっこいい男子いるよ。図書委員でさー、知的って言うの？　物静かで雰囲気あるの」

「あー、眼鏡かけてるでしょ？」

「何で知ってるの⁉」

「あんた眼鏡好きじゃん」

「えー……」

どっと笑いが出る。皆、楽しそうで良かった。我が家を提供した甲斐があるってもんだよ。

「香澄ちゃん、香澄ちゃん」

猫耳を付けた彩音ちゃんが、わたしの隣に座った。

「なあに？」

尋ねると、彩音ちゃんが困ったように笑った。

「あの、ね……。香澄ちゃん、元気ないなぁって、思ったの」

「え……？」

わたしは息を呑む。彩音ちゃんは眉を下げて、わたしの顔を覗き込んだ。

「だって、おしゃべりにも参加してないし、それになんだか悲しそうな顔をしてる気がして」

「彩音ちゃん……」

「気のせいなら、良いんだけど……」

彩音ちゃんの案じる眼差しに、わたしはキュッと口を引き結ぶ。

彩音ちゃんに、わたしのなかにある苦しみを聞いてもらいたい。そんな気持ちがわき上がる。

でも、弱さをさらけ出すのは怖い。

迷っていると、背中に重みを感じた。

「……香澄、ほかの皆は話に夢中だから、今のうちに言っちゃいな。聞くから」

「千尋……」

背中には千尋の体温、横には彩音ちゃんの優しい眼差し。

心がほぐれていく。わたしは、小さな声を振り絞った。

「あの、ね。好きな人を、諦めようかなって……」

「え！」

彩音ちゃんが潜《ひそ》めつつも、驚きの声を上げる。

「好きな人って、年上の？」

「うん……」

「振られでもした？」

千尋の直球な問いかけに、一瞬息が詰まる。

「ち、がう、けど……」

「だったら、まだ可能性があるよ」

彩音ちゃんがわたしを元気づけるように、声を明るくする。

申し訳なく思いながらも、わたしはふるふると首を横に振った。

「……相手には、大切に想う人がいるんだよ」

「そんな……諦めちゃうの？」

彩音ちゃんが悲しそうに、目を潤《うる》ませた。

「……わからない。けど、無理だと思うから」

だんだん顔が下を向く。

ライルとまだ見たことない女王様のことを考えると、苦しい。苦しくて、仕方ない。

「だから……」

もう諦めようかな。

そう口にするつもりだった。だけど……

「香澄さ」

千尋に遮《さえぎ》られた。背中の重みが増す。

「香澄の好きな人は、大切に想ってるっていうその人ともう付き合ってんの？」

「ううん」

相手は女王様だ。それにライルの様子からして、恋人同士であるようには思えない。

「なら香澄は、その人に気持ち伝えたの？」

「伝えて、ない」

ライルへの気持ちは隠すと決めたのだ。伝える以前に、もうわたしのなかでは終わっている。

「だったら、諦めるのは早い」

また重みが増す。

「でも、苦しいよ、千尋」

「諦めても、苦しいのは続くよ」

「え……？」

背中が軽くなった。振り向けば、千尋が静かにわたしを見ている。大人びて見える姿に、軽く目を見張った。

「……あたしの彼氏、元々は友達だったんだ」

友達という単語に、胸がキュッとなる。

「最初は、本当に普通の友達だった。でも、いつの間にか好きになってた」

千尋の状況が、わたしと重なる。千尋は苦笑を浮かべた。

「すっごい悩んだ。友達を好きになってどうするんだ、って。友達じゃいられなくなる、って」

「千尋……」

重なる。わたしとライルに。わたしの感情に。

「諦めようとした」

どくん。心臓が高鳴る。

わたしも今、ライルを諦めようとしている。

想い続けるのが、苦しいから。辛いのはもう嫌だから。隠すのは限界だと、心が叫ぶのだ。

千尋もそうだったに違いない。友達でいられなくなる恐怖を味わったんだ。

そっと、肩に手が置かれた。彩音ちゃんだ。

「でも、千尋ちゃんは諦めなかったんだよね」

「そうだね」

千尋は頷く。どこか誇らしげに。

「諦めようとしても、苦しさからは逃げられなかったよ」

「そんな……」

じゃあ、わたしはどうしたら良いんだろう。想い続けても、諦めても苦しいなら、どうしたら……

「香澄」

千尋は笑みを浮かべていた。クールな千尋にしては珍しい、素直な笑みだ。

「あたしは好きだって伝えたよ。それで、今があるんだ」

「でも……」

「香澄は、まだ何も始まってない。始めてない。時には、傷つくとわかっていても、気持ちを伝えにいくのも大事だよ」

でもやっぱり、傷つくのは怖い。わたしには勇気がない。言葉に窮《きゅう》していると、千尋はびっと親指を立てた。

「あんたが傷ついたら、あたしらが支える。友達だもん」

「うん！」

彩音ちゃんが大きく頷く。

「香澄ちゃん、これじゃ、悲しいままで終わっちゃう。せっかくの恋なんだもの。悔いは残しちゃダメだよ」

「そうそう」

「彩音ちゃん、千尋……」

ぐっと口を引き結ぶ。泣きそうだった。

「香澄、勇気出して飛び込みな」

わたしにとって、ライルは近くて遠い存在だ。そもそも、世界が違う。壮大な初恋なのだ。うまくいく未来も見えない。諦めた方がずっと簡単だ。

でも……

でも。

「わたし、諦めたくない」

ライルを好きな気持ちを隠したくない。もっと自由な心でいたい。自分で自分をがんじがらめにするのは、もう嫌だ。

「香澄ちゃん！」

彩音ちゃんが嬉しそうに、わたしに抱きついてきた。

「……傷ついたら、慰《なぐさ》めてね？」

「うん、うん！」

彩音ちゃんを抱きしめ返し、微笑む千尋にわたしも笑みを見せる。

「なになに、抱き合ってどうしたのー？」

わたしと彩音ちゃんの姿に気がついた皆が、怪訝《けげん》な顔で聞いてくる。なんと説明すべきか悩んでいると、千尋が口を開いた。

「あたしの惚気《のろけ》を聞かされて、慰《なぐさ》め合ってんの」

「うわっ、彼氏もちの余裕ー！」

「あの顔っ、ムカつくー！　ずるい、幸せ者ー！」

皆の関心が千尋に向かい、わたしと彩音ちゃんはホッと息をついた。

うん、なんかすっきりした。

ライルを諦めなくて良いと思うと、心が浮き立つ。

世界が輝いて見える。

そうか。恋って、本当はこんなにも幸せなものなんだ。

苦しいのも辛いのも、確かにまだある。でも、胸が温かい。ドキドキする。

そうか。わたしは自分でライルを想うこの感情を、マイナスの方向にもっていこうとしてたんだ。

傷つくのを恐れて。

——でも、もう大丈夫。

わたしは、始められる。ずっと蓋《ふた》をしてきた恋を、始めるのだ。それがたとえ、悲しい結末になろうとも。わたしは頑張れる。だってわたしには、かけがえのない友達がいるのだから。

心に刺さった棘《とげ》は、もう抜けていた。

◆◆◆

センドリアの季節は、秋もなかごろを過ぎようとしていた。

もうすぐ冬が来る。

そんな、国中が冬支度《じたく》を始めようとしていたときであった。ある報《しら》せが入ったのは。

度重なるトーラスの領海への接近をトーニが不審がり、海軍に件《くだん》の海域への調査を依頼していた。

その調査が、ようやく終わったのだ。

「……海底に魔鉱石《まこうせき》の鉱床があったとはな」

王宮の会議室では、陛下や重臣たちが険しい顔をしていた。唯一の例外は、相変わらず寝癖をつけたトーニだ。彼は眠たそうに、配られた紙に目を通している。

そして私はというと、陛下の近衛《このえ》騎士として会議室に待機していた。

卓に着いた者の視線は、海軍を指揮するハーゼス将軍に集まっている。

「ハーゼスよ、魔鉱石の鉱床の規模はどれほどか」

豊かな金色の髪を結い上げた陛下の横顔は、厳しさに満ちている。代々の王に受け継がれてきた朱色のマントを纏《まと》うその体は、細くか弱い。

だが、陛下から放たれる空気は、充分威厳のあるものだ。

今は年齢の若さ故《ゆえ》に侮《あなど》られることも多いが、きっと陛下は大成なさる。そう信じられる気迫が、陛下にはある。

ハーゼス将軍が、陛下の質問に、よどみなく答える。

「はっ！　報告によれば、相当な範囲に及ぶかと」

「トーラスの目的は、魔鉱石であったか……」

重臣の一人が苦々しく呟く。

魔鉱石は、マナが溜《た》まってできる、魔力の塊《かたまり》だ。

魔術師の魔力を底上げする道具にもなれば、神に捧げる供物《くもつ》にもなる。魔鉱石を好む神は多く、供物《くもつ》として捧げれば、様々な恩恵を国に与えてくれるのだ。

それ故《ゆえ》に、どの国もこぞって魔鉱石を手に入れようとする。

マナの溜《た》まる場所は少なく、小さな鉱床を発見しただけでそこから莫大な富を築けるのだ。

そんな希少な魔鉱石の鉱床。しかも規模の大きいものが我が国にあったとは。

魔鉱石の鉱床のないトーラスにとって、我が国の領海は宝の山に見えているのだろう。

「陛下、トーラスの船の数が日を追う毎に増えております」

ハーゼス将軍からの報告に、陛下は眉を寄せた。

「つまり、トーラスは海の凍る冬を迎える前に、我が領海を侵すと？」

「その可能性は高いかと」

ハーゼス将軍の返答に、場がざわめいた。

センドリアの海には、冬は北から氷山の欠片《かけら》が流れてくる。やがてはそれが、海のほとんどを覆《おお》いつくすのだ。

当然漁はできない。海軍も、船を陸に上げる。氷山によって、船が壊されない為にだ。

冬は近い。

トーラスは冬になる前に、我が国に戦いを仕掛けるつもりなのだ。

トーラスとセンドリアは、国力にそれ程差はない。それはつまり、戦いになれば損害は免《まぬが》れないことを意味している。

だからといって、領海侵犯《しんぱん》を許すわけにはいかない。むざむざと、宝の山を奪われるわけにはいかないのだ。国の威信をかけて、トーラスを退《しりぞ》けなければ。

挑発したのは向こう。戦いはすでに始まっているのだ。

陛下はハーゼス将軍に真っ直ぐ視線をやった。

「ハーゼスよ」

「はっ」

「トーラスに領海を侵させるな。海軍はお前の好きなように使え」

「かしこまりました」

ハーゼス将軍が頭を深く下げる。

ふと陛下が振り返り、私を見た。その目は決意に満ちている。

陛下は前を向くと、重臣たちに向かって口を開いた。

「皆、聞け。いざ戦《いくさ》になれば、妾《わらわ》も戦場に出る」

陛下の言葉に、重臣たちは目を見開いた。

「陛下！」

「それはなりません！」

「御身は、唯一なのですぞ！」

「もう決めたのだ。近衛《このえ》の騎士も連れて行く。それに、トーニよ」

「はいはーい」

緊迫した空気のなか、トーニはへらへらと笑っている。

「お前も戦場に出よ。お前自慢の魔術兵団を率いても良い」

トーニは、宮廷魔術師の筆頭だが、それとは別に個人で魔術師の兵団を所有しているのだ。トーニ曰《いわ》く、全員自慢の弟子だと言う。

「良いぜ。うちの奴らは敵には容赦ないからな。暴れてやるよ」

「トーニ殿⁉」

「陛下を止めてはくださらんのか！」

賢きエルフ族であるトーニは、宮廷魔術師長という立場を抜きにしても、重臣たちから一目置かれている。

それに、陛下がトーニを特に信頼しているのは周知の事実だ。彼ならば、陛下を止められると期待していたらしい重臣たちが慌てている。

だが、トーニはやれやれとばかりに首を横に振った。

「アンジェリカを止めるのは無理だ。だって、頑固だもん」

「そんな⁉」

「それに、敵さんは俺らを完全に舐めてる。領海での挑発行為を繰り返しているのがその証拠だ。ここは女王自《みずか》ら軍を指揮して、結果を出させねーと」

「そ、それは……」

トーラスがセンドリアを下に見ているのは明らかだ。その理由の一つが、国の頂点にいるのが若い女性だということだろう。であれば、その女王自《みずか》らが指揮を執ることはとても意味のある行為だ。

「それに、大丈夫だって！　アンジェリカには強い騎士様がついてるしさ！」

トーニが私を見て、言い放つ。

……トーニめ。ここで私に振るのか。

しかし、私に発言権はない。言い返せないのをわかっていて、あんなことを言うとは。まあ、彼はそういう人物だ。

「ライルよ」

「はっ！」

陛下に名を呼ばれれば、発言も許される。

「妾《わらわ》の剣となれ」

私の答えは決まっていた。

「御意に」

深く頭《こうべ》を垂れたとき、不意に脳裏《のうり》にカスミの笑顔が過《よ》ぎった。胸に当てた手が一瞬震える。

頭を上げるほんの僅《わず》かな時間、私のなかに躊躇《ためら》いが生まれた。

戦いが始まれば、カスミに会えなくなる。それを嫌だと思ってしまったのだ。

だが、陛下への忠誠は絶対だ。揺らがせてはならない。

しかし、あの一瞬の躊躇《ためら》いで気づいてしまった。

以前は答えられなかった、トーニの問いかけ。でも、気づいてしまった今なら、わかる。

私が真に守りたい相手は……

「カスミ」

口のなかで呼ぶ。

異世界の少女の名を。

何故《なぜ》、気づかなかったのだろう。名前を呼ぶだけで、こんなにも胸がざわめいたというのに。

だが、もう気づいてしまった。自分の感情に、カスミへの想いに。

気づいたからこそ見える。そこに残酷な現実が横たわっているのが。

そう。私は、もうカスミに会ってはならないのだ。

私は陛下の剣になると誓った身。カスミへの想いは、封じなければならない。会ってしまえば、その想いを封じることなどできなくなるだろう。

だからもう二度と、私はカスミに会ってはいけないのだ。

だが、心が叫ぶ。

会いたい、と。

私はその叫びを、気力を振り絞り、封じた。

胸に鋭い痛みが走る。

それでも、陛下の騎士として私は生きねばならない。

「では、解散とする」

陛下が会議の終了を告げる。

いつの間にか握りしめていた拳《こぶし》を開くと、手のひらに血が滲《にじ》んでいた。


会議から二週間後。

トーラスの領海侵犯《しんぱん》の報が、王宮にもたらされた。

5

いざ、ライルに想いを告げると決めたは良いものの。

困ったことに、ハロウィンが終わったころから、ライルと会えなくなってしまったのだ。

約束の時間になって冷蔵庫を開けても、ライルの姿はない。合図をしても、開けてくれない。

それがずっとだ。

「まさか、繋《つな》がらなくなっちゃったのかな……？」

確かに、それはありえる。

そもそもの始まりだって突然だったし、いきなり繋《つな》がらなくなることも、充分考えられることだ。

だけど、考えたくない。ライルともう会えなくなるなんて。嫌だ、そんなの。

諦めきれなくて、毎日冷蔵庫を開けた。

ライルの帰りが遅くなる日でも、約束の八時には冷蔵庫の前に待機した。

でも、ライルが現れることはなかった。

「……ライル」

居間で家計簿ソフトを使っていたわたしは、無意識にライルを呼んでしまった。

ライルと会えなくなって、もう二週間。不安は膨《ふく》れ上がるばかりで、学校の授業にも集中できていないのが現状である。

ノートパソコンを折りたたみ、わたしはテーブルに突っ伏した。

「あー、もー！　なんで会えないのさー！」

叫んでみるものの、状況は変わらない。

「きゅーきゅー」

ライルには会えなくなったものの、クピは相変わらずの様子でわたしのそばにいる。今も、のんきに床を転がっていたりして。

「ライルと会う前のわたしって、夜どんな風に過ごしていたっけ……？」

それがわからなくなるぐらい、ライルはわたしのなかで大きな存在となっている。

ライルが、好きだ。

我慢しなくて良くなった心の声は、日に日に大きくなっていく。千尋と彩音ちゃんから、勇気ももらった。後は、気持ちを伝えるだけ。世界が違うとかは、その後で考えれば良い。

そんな心持ちになるほど、前向きになれたというのに……

「世界が繋《つな》がらなくなったかも、とか……。一体どうしたらいいの」

永遠に会えなくなってしまうという、冷たい恐怖がせり上がってくる。

いくら勇気をもっても、会えなくては意味がない。

部屋着の胸ポケットから、ブローチを取り出す。ライルから贈られた、大切なブローチだ。

ピカピカの乳白色の石には、泣きそうなわたしが映り込んでいる。

わたしを守ってくれるブローチを、そっと両手で包んだ。ライルの熱を、少しでも感じていたくて。

けれど、贈られて日の経ったブローチは、冷たいままだ。

うっすらと視界に膜が張り、慌てて瞬《まばた》きをする。

「泣いちゃ、ダメ！」

泣いてしまったら、ライルと会えない今を認めてしまうようで、嫌だった。

「大丈夫。大丈夫、だよ」

根拠は何もない。だけど、そう思わなくては辛さが込み上げてしまう。

今日は、会えるかもしれない。もし会えなかったとしても、明日は、明後日こそは……

そんな希望に縋《すが》るしかない。

「……会いたいよ」

ライルに会いたい。笑いかけてほしい。声が聞きたい。

「……そばに、いたい」

切実な響きをもって呟いたときだった。

「きゅっ！」

床を転がっていたクピが動きを止めたのは。普段は雨の日以外ふわふわしているのに、全身ピンと逆立っている。

「な、なに……？」

いつもと明らかに様子の違うクピに、視線が釘付けになる。

しばらくの間、じっとしていたクピだけど、いきなりわたしの方を見た。

「きゅー！　きゅー！」

そして、クピはわたしに飛びつき、くいっくいっと服を引っ張る。

「ク、クピ……？」

「きゅー！　きゅっ！」

くいっくいっと、クピは引っ張り続けている。わたしを、どこかに連れていきたいようだ。

「きゅー！」

「わっ！」

その小さな体のどこから出たのか、クピが凄《すご》い力でわたしを立たせた。そして、居間の外へと連れ出そうとする。ただならぬ様子に、わたしの心が騒ぐ。

手のなかのブローチを見たけれど、ブローチは冷たいままだ。つまり、わたしに危険が迫っているわけではないはず。

ライルがくれたブローチは、わたしの危険を察知して、守ってくれるはずのもの。ぐっとブローチを握りしめて、わたしはクピについていく。

「でも、いったいどこに？」

廊下に出れば、さらに引っ張られた。

「この先は、台所？」

呟いて、目を見開く。

クピの飼い主は、ライルだ。ならば……

「ライル！」

わたしは走り出した。

クピが、わたしにライルを会わせようとしてくれているのだと思ったのだ。

台所に飛び込み、冷蔵庫を開ける。

だけど、冷蔵庫の向こうはいつもの冷蔵庫の壁で、そこにライルの姿はなかった。

「きゅー！」

しかし、クピは冷蔵庫に飛び込んだ。枝のような手足で、向こうに繋《つな》がるはずの壁を叩く。

「もしかして、向こうにライルがいるの……？」

尋ねてみるけど、クピは答えずにひたすら壁を叩き続ける。わたしは、それが答えのような気がして、クピと同じように壁を叩いた。ライルに会いたい。その一心で。

一体、どれくらいの時間そうしていたのだろう。ほんの数十秒ほどなのか、それとも何分も経っているのか。それすらわからない。

けれど、ようやくわたしたちの気持ちが通じたのか、突然目の前の壁が開いたのだ！

「ライル！」

だけどそこに見えたのは、流れるような金髪ではなく、あっちこっちはねた銀色の髪だった。

「……トーニ」

一度だけ会ったライルの友達が、冷蔵庫の向こうにいた。

ライルじゃなかった。その事実に、体から力が抜ける。へたりと床に座ってしまうわたしの頭上に、トーニの怪訝《けげん》そうな声が降ってきた。

「クピにカスミ。いったい、どうしたんだ？」

「どうしたっていうか、クピが……」

「きゅーきゅー！　きゅー！」

クピが切羽詰《せっぱつ》まった様子で冷蔵庫のなかを通り抜け、トーニに飛びついた。冷蔵庫の明かりがチカチカと瞬《またた》き、なかがゆらゆらと揺らぐ。何……？

「おいおい、クピ。そんな毛を逆立てて、どうした？」

「きゅぴー！」

「……さっき、いきなり様子がおかしくなって。わたしをここまで連れてきたの」

「カスミを？」

「きゅーきゅー！　きゅぴー！」

トーニにしがみつき、何かを必死に訴えているかのようなクピ。トーニが、深く考えるような表情になった。ひょうきんな印象のあったトーニの、やけに真剣な顔。ただごとではなさそうなその様子に、わたしはのろのろと立ち上がる。

「トーニ、どうしたの？」

「……クピは魔法動物だ。魔法動物は、主人の危機に敏感で――」

「え……？」

主人の危機？　今でこそクピのお世話は、わたしがしている。でも、本来の主人は……

トーニが顔を上げた。

「クピに名前を与えたのは、ライルだ。つまり、ライルこそがこいつの主人なんだ」

「きゅぷー！」

クピは冷蔵庫を通り、再びわたしのところへ来た。そして、必死な様子でわたしの服を噛《か》んで引っ張る。冷蔵庫がまた揺らめいた。

「クピ、ライルの危機を救うのにカスミが必要なのか？」

「きゅー！」

クピはぶるぶると体を震わせた。これはきっと、肯定の意味。

けれど、わたしはまだ話に追いつけない。何？　ライルの身に何か危険が？

トーニはじっとわたしを見て、口を開く。

「カスミ。今、俺たちの国は戦争をしている。ライルは、戦場にいるんだ。まあ俺は、ちょっとした休憩がてらライルの部屋に来ただけでな。今、ここ静かだし。でも、クピがこんなになっているとは思わなかったぜ」

伝えられた内容に、息を呑む。

待って。戦場って⁉

平和な日本で暮らしてきたわたしに、それは衝撃だった。

「きゅぷー！」

クピは、未だにわたしを引っ張り続けている。

「トーニ、ライルは危険な状況なの？」

「いや。今は、大丈夫だ。戦況も特に緊迫したものでもない」

「え、でも。クピが……」

トーニは苛立ったように、頭をがしがしとかいた。

「魔法動物は、俺たちにもまだその生態がよくわかっていないんだ。ただ、今までのことで、主人の危機を敏感に察知する能力があることはわかっている。だけど、いつ危機に瀕《ひん》するかまでは、わからないんだ」

「そんな……」

わたしの不安が伝わったのか、トーニは苦笑した。

「そんな顔をするなよ。ライルに近い将来危険が来る、ということまではわかったんだ。あとは俺が何とかしてやるよ」

トーニの力強い言葉を聞いて、不安は増す。

「……トーニ、ライルを助けるにはわたしが必要なんでしょう？」

だってこのクピの様子は、明らかにわたしを求めている。

「カスミ……」

言いよどむトーニの姿に、確信をもつ。クピは、わたしの服を噛《か》みながら、じっとわたしを見ていた。

「わたし……わたし、ライルを助けたい！」

言葉にすることで、想いは強くなる。

わたしに何ができるかは、わからない。でも、ライルの力になりたい。わたしはやれることをやるべきだ！

「……ダメだ」

でも、わたしの決意とは裏腹に、トーニがはっきりと拒否をした。

「どうして!?　クピは、わたしが必要だって！」

「危険すぎる。それに……一度こっちに来たら、戻れる保証はないんだぞ」

「それは……」

トーニの真剣な表情に、心がすくむ。戻れないかもしれない。それは、大きな問題だった。

「事は、お前が思っている以上に危険なんだ。気づいていたかもしれないが、クピがこの箱を通るとき、箱には異変が起きてた」

「う、うん」

冷蔵庫の電気がチカチカしたり、揺らいだりしていたことを言っているんだ。

そっと、トーニが冷蔵庫に触れる。

「クピは小さいから、あの程度ですんだのかもしれない。それに、謎だらけの魔法動物だから通れたのかもしれない。けれど、カスミは違う。人一人が通った場合は、何が起きるかわからない」

「……」

トーニの言うことは、もっともだ。彼は、わたしを心配してくれている。

だけど……

脳裏《のうり》に、ライルの微笑む姿が浮かぶ。誕生日に見た、泣き笑いのような表情。

ライルはいつだって真っ直ぐで、心根が綺麗で。料理を誉めてくれて、たわいない話を聞いてくれて。わたしは、そんな彼にどんどん惹かれていった。

『カスミ』

ライルのわたしを呼ぶ声を思い出すだけで、胸が熱くなる。勇気をくれる。

わたしは、ライルが好きだ。大好きだ。

だから、決められる。わたしがやるべきことを。自分のやりたいことを。

わたしは、トーニを真っ直ぐ見つめた。

「トーニ、わたしそっちに行くよ」

「カスミ！　俺の話を聞いていなかったのか！」

「ちゃんと、聞いてた。あのね、トーニ」

トーニにわかってもらいたくて、言葉を重ねる。

「わたしは、ライルを助けたいんだ。――ライルのことが、好きだから」

「カスミ……」

「だから、お願い。わたしを、ライルのところに連れて行って！」

トーニは、両目を見開いた。

そして、何事か考えるように思案顔になり、頭をがしがしと何度もかいた。わたしはその様子を、緊張しながらじっと見つめる。

「……覚悟は、できてんのか？」

しばらくの沈黙の後、トーニはそう問いかけた。わたしの答えは、決まっている。

「大丈夫、迷いはないよ」

「そうか……」

トーニは、ふっ切るように頭を振ると、また苦笑を浮かべた。

「まー、確かにカスミの力は必要なんだろーよ。魔法動物は、そういうところは間違わない。それがどんな形で必要なのかは示さなくても、な。それに、俺も友人を見捨てたくない」

「トーニ！」

遠回しな承諾に、声を弾ませる。

「ただし！」

トーニがびしっと、わたしを指差した。な、何？

「後悔がないよう、別れはすませとけ」

「トーニ……」

別れ。そうだ、わたしは二度とこちらには戻ってこられないかもしれないんだ……

思い浮かんだ面影に、わたしは唇を噛《か》む。

覚悟はできた。でも、別れは辛い。

「――わかった」

胸の痛みを堪《こら》えて、わたしは頷いた。


クピを連れて居間に向かったわたしは、携帯電話を前に少し悩んでいた。

テレビ電話は、何度もしている。だから、手順はわかる。ただ、どう説明すれば良いのかわからないのだ。

「……大丈夫。自分の気持ちを伝えれば良いんだ」

けれど、あまり迷っている時間はない。わたしは自分自身に素直になればいいと決意し、番号を押した。数回のコール音の後、携帯電話の画面が切り替わる。

『香澄？　あんたから電話してくるなんて、珍しいわね』

「お母さん……」

朗《ほが》らかに笑うお母さんに声が震えてしまう。テレビ電話越しにもそれが伝わったのか、お母さんが訝《いぶか》しげな表情になった。

『元気がないようだけど、どうしたの？』

「聞いて、もらいたいことがあるんだ。お父さんは？」

『仕事よ。家にはいないわ』

「そっか……」

お父さんとも話したかったな……

『本当にどうしたの？　おかしいわよ、あんた。それに聞いてもらいたいことがあるって……』

「う、うん」

わたしは深呼吸をする。肩に張りつくクピを撫でながら。

「あのね、お母さん。わたし、好きな人ができたんだよ」

『あらー、おめでとう！　お父さん、落ち込むわねぇ。一人娘に彼氏が、なんて知ったら』

楽しそうに笑うお母さんに、胸がちくちくと痛んだ。だけどわたしは、お母さんに言わなくてはいけない。

「お母さん、――わたし、お別れを言いたいんだよ」

お母さんに震える声で告げる。

『なに、言ってるの？』

お母さんの表情が硬くなった。

「お母さん、聞いて。わたしの今までを……」

『香澄？』

「聞いたうえで、背中を押してほしいんだ」

まだ、戻れないと決まったわけではない。でも、わたしがこれからやろうとしていることは、先がまったくわからないことだ。だって、世界を渡ろうとしているのだから。

真剣な思いが通じたのか、『……わかった、聞く』とお母さんも真面目な表情を浮かべた。

わたしはお母さんに話した。

ライルとの出会いを、交流を。そして、今ライルが危機に瀕《ひん》しているとも。すべて伝えた。わたしが世界を越えたいということも含めて、全部を。

『……』

お母さんは無言だ。

それは、そうだ。こんな荒唐《こうとう》無稽《むけい》な話、信じるのは難しい。

「お母さん、びっくりしたかもしれないけど、全部本当のことなんだよ」

『……』

「あの……」

言葉が続かない。信じてほしい。最後になるかもしれないのだから。

うまく伝えられないもどかしさから、わたしは唇を噛《か》んだ。

『……香澄』

「は、はい！」

長い無言の後に名前を呼ばれ、身を硬くする。

『急に異世界とか、言われても……』

お母さんは困惑気味だ。やはり、信じてもらえないか……

「お母さん、信じられないのは仕方ないと思う。だけど、この子を見て」

『この子って、ぬいぐるみ？　そう言えば、前にも頭に乗せてたことあったわね。お気に入りなの？』

突然の話の転換に、お母さんがキョトンとした表情を浮かべた。

わたしはそれに構わず、クピを手のひらに乗せる。

「クピ」

「きゅー！」

わたしの意図を察したのか、クピは体を浮かせて、わたしの周りを飛び始めた。ぐるんぐるんと、旋回までしている。

クピはひととおり飛び終えると、わたしの肩に戻ってきた。

「きゅぴー！　きゅふきゅふ！」

クピは満足そうだ。

テレビ電話を見ると、お母さんは目を見開き、呆然としていた。

「お母さん、この子はクピ。見てのとおり、異世界の動物なんだよ」

『……ほ、本当なのね』

お母さんの声は裏返っている。刺激が強かったかもしれない。地球にはいないもんね、こんな子。

『……』

お母さんは、再び無言になった。眉間にシワを寄せた様子に、わたしは何も言えない。ただ、ドキドキする胸を押さえて、お母さんの言葉を待つ。

その時間は永遠のようでいて、でも実際は凄《すご》く短かったと思う。

お母さんは、わたしを見た。――どこか寂しそうに。

『……恋を、知ったのね』

「う、うん」

恋という言葉に、頬に熱が集まる。

『なら、わたしが言えるのは一つね』

ゴクリとわたしの喉が鳴った。

『女は度胸よ、香澄！　恋した相手の為に、頑張りなさい！』

「お母さん……！」

信じてくれたんだ！　そして、そのうえで背中を押してくれた。でも、お母さんの目に光るものが見える。

『正直、異世界の動物とかいうのを見せられても、世界が違うなんてことを言われても、ぴんとこない。でもね——誰かを好きになる気持ちは、お母さんは良くわかるから』

「お父さんのこと？」

理解された嬉しさから茶化すように言うと、テレビ電話の向こうでお母さんが笑った。

『まあね。あの人の為なら何でもしてあげたい。そしてその気持ちは、娘にも向いてるの』

お母さんの声も眼差しも、優しい。じんわりと心が温まる。

『だから、香澄。相手のもとに、行きなさい。お父さんだったらきっと、こういうときには「離れても家族だ」って言うわね』

「お父さんなら、言いそう」

いつも仕事で忙しい人だけど、受験で悩んでいたり友達と喧嘩して落ち込んでいたりしたときには、ちゃんと話を聞いてくれた。頼りになるお父さんだ。

『後のことは、わたしたちに任せなさい。それにまだ、本当に永遠の別れになるとは決まってないしね』

「うん、うん！　ありがとうお母さん」

信じてくれて、背中を押してくれて、ありがとう。

『……行ってらっしゃい、香澄』

「……行ってきます！」

『帰ってきたら、すぐに連絡するのよ』

「うん……うんっ」

それがわたしたち、母娘の最後の会話。

テレビ電話を終えたわたしは、今度はメッセージ画面を表示した。

「……千尋、彩音ちゃん」

わたしを勇気づけてくれた、大切な友達。

『わたし、想いを告げてくる！　色々、ありがとう！』

メッセージを打ち込み、二人に送信する。

決定ボタンを押す瞬間、涙が込み上げたけど、ぐっと我慢する。戻ってこられるかどうかわからない、異世界への旅。でも、わたしは自分の意思で行くと決めたのだ。

「皆、行ってきます」

テーブルに携帯電話を置き、わたしは歩き出す。自分で決めた道を踏み出す為に。

胸ポケットに入れたブローチの感触が、心強かった。


「終わったのか？」

「うん」

冷蔵庫の向こうで、トーニは待っていてくれた。

わたしを待っている間に彼も結論を出したのか、先ほどまでの真剣な表情はもうそこにはない。

「それで、わたしはどうすれば良いの？」

世界を越えると言っても、どうすれば良いのだろう。

「魔法を、使うの？」

わたしが尋ねれば、トーニは首を横に振った。

「いいや、使わない。そもそも、そっちの世界にはマナがないから使えない」

「え、じゃあ。どうするの？」

「そうだなー。これ、外せるのか？」

トーニは冷蔵庫の棚を触る。

「う、うん。スライド式だから、取り外せるよ」

「じゃあ、外してくれ。そんでなかを通って来い」

「は!?」

なかを通る？　冷蔵庫だよ？　食品を入れる場所だよ？

そんな気持ちが顔に出ていたのか、トーニは盛大に息をはいた。

「仕方ないだろー？　魔法が使えないんだから、繋《つな》がった場所を原始的に通るしかないじゃん」

「それは、そうだけど……」

確かにうちの冷蔵庫は、大型だ。わたし一人くらい通るのは簡単だろう。

でも、本来食品を入れておくべき場所を通るのは……

「やっぱり、やめとくか？」

そうだ、わたしはライルを助けるんだ。

「……ううん、行く！」


向こうは部屋のなかでも土足だというので、靴ももってきた。動きやすいようにと運動靴を選ぶ。

冷蔵庫のなかには、ここ最近はライルのことで悩んでいて食欲がなかったため、あまり食品は入っていない。小さなものは、扉の棚に入れた。大きなものは、考えた末に冷凍庫に移すことにした。

そして、棚を全部外していく。

棚がなくなった冷蔵庫は、ぽっかりと空いた穴のようで少し怖かった。でも、わたしは決めたのだ。一歩を踏み出すと。

「行くよ！」

「きゅぴー！」

クピが、わたしの肩に張りついて声を上げる。

「ああ、来い！」

運動靴を手にして、冷蔵庫のなかを這《は》っていく。うう、なんかひんやりする。

冷蔵庫の奥行きはそれほどないから、通り抜けるのに時間はかからない。だけどその短い時間のなかで、わたしは、途中から空気が変わったのを感じた。

何だろう。肌に感じるものが違う気がする。

「よっ、と……」

トーニに手を取ってもらい、冷蔵庫から這《は》い出る。靴を石畳の床に置き、足を入れた。立ち上がり、周りを見渡す。

「ここが、ライルの部屋……」

石畳の床に、木でできた壁。テーブルと椅子があり、壁際には簡素なベッドがある。

部屋の奥には、台所らしきものが見えた。

灯《あか》りはついていないので、部屋は薄暗い。それでも、わたしはじっと目を凝《こ》らして部屋を見た。

冷蔵庫越しではわからなかった世界を、今わたしは見ているのだ。

「カスミ、見てみろ」

トーニに呼ばれ、わたしは振り向く。

そして、トーニが思ったよりも背が高いことに気がついた。百八十センチはあるんじゃないかな。

何故《なぜ》か勝手に、彼は小柄だと思い込んでいた。

「カスミ、俺じゃなくこっちを見ろ」

「え？　クローゼット？」

けれど、トーニが示したのは、木製のクローゼットだった。なかには、数着の服が入っている。

「くろーぜっとが何かは知らんが、ここがさっきお前が通ってきたところだ」

「え⁉」

いや、だって。わたしが通ってきたのは冷蔵庫だよ。

けれどトーニが示したのは、どこからどう見てもただのクローゼットだった。奥にわたしの家が見えることもない。クローゼットの奥は、ただの壁。

驚くわたしに、トーニは困った様子で頭をかいた。

「だから、言っただろ。二度と戻れなくなるかもしれないって……」

「う、うん」

そうだ。トーニは言っていたし、わたしも覚悟を決めていたはず。

「これは、憶測《おくそく》だが――。何らかの力で繋《つな》がった二つの箱に、人一人が通ったことで負荷がかかり、繋《つな》がりが消えたんだと思う」

「繋《つな》がりが消えた……」

わたし、本当に別の世界にいるんだ……。そしてもう、戻れないんだ……

「カスミ、大丈夫か？」

トーニの案ずる声がして、クローゼットから、彼に視線を移した。

そして、力いっぱい頷く。

「うん、大丈夫だよ！　お別れはもうすませているから。それに、覚悟もできてる」

わたしは、ライルに会うのだ。そして、これからライルを襲うだろう危機から、彼を救うのだ。

真っ直ぐ見つめれば、トーニはニッと笑った。

「よし！　なら、さっそく行こう！」

あ、そうか。ライルは戦場にいるんだ。

「ライルは、大丈夫なの……？」

不安に思いトーニを見れば、彼は困った顔をしている。

「まずは、ライルに会うしかないな」

「トーニ……」

彼も、不安なのかもしれない。友人に危機が迫っているのだから。

すると、肩に張りついていたクピが、くいくいとわたしの服を引っ張った。

「クピ？」

『カスミには、クピがついてるきゅ！』

「え……!?」

クピがしゃべった!?

「カスミ、どうした？　そんな大きな声出して」

「だっ、だって、クピがしゃべったんだよ!?」

「はあ？」

トーニがクピを突っつく。

『やめるきゅ！　トーニ、嫌いきゅ！』

「俺には、きゅーきゅーとしか聞こえないけどな」

「……クピ、トーニ嫌いだって」

「なんだと！」

トーニがクピをむにむにと揉む。

『やめるきゅ！　やめるきゅ！』

「あっ、トーニ……！」

それ以上はやめた方が――、と言う前に、クピが大きく口を開いた。がぶりと、トーニの右手に噛《か》みつく。

「いってー！」

「あーもー。クピがやめてって言ってたのに」

「だから、俺には聞こえないって」

「わたしには、聞こえるよ」

「……カスミには、クピの言ってる言葉がわかるのか？」

「うん。こっちに来てから突然、クピのしゃべってることがわかるようになったよ」

トーニが黙り込む。真剣に考えごとをしているみたいだ。そして、しばらくの後、わたしを見た。

「カスミは、もしかしたら魔獣使いの才能があるのかもしれない」

「魔獣使い……？」

それは、何なのだろう。わたしの疑問が伝わったのか、トーニが説明をしてくれる。

「魔獣使いってのは、クピみたいな魔法動物の戦闘力を引き出す存在だよ。まあ、魔法動物自体、まだまだ解明できていないことばかりで研究途中だから、魔獣使いにも何ができるのかわからないんだけどな」

「そう、なんだ。ねえ、クピ。クピは、何ができるの？」

クピは、しゅんと項垂《うなだ》れた。

『クピは、まだ赤ちゃんだから、よくわからないきゅ。でも、クピは可能性の塊《かたまり》きゅ！』

「そ、そうなんだ……」

わたしとクピの会話をどう解釈したのか、トーニは腕を組んだ。

「まあ、まだ可能性の話だから、カスミを戦場に出すような真似はしない。それは安心してくれ」

「う、うん」

そうだった。わたしが今から向かうのは戦場なのだ。たくさんの人たちが戦い、傷つく場所。そんな場所に、わたしは向かおうとしている。

正直怖い。怖くて仕方ない。でも……

「トーニ。わたし、ライルに会うよ」

ライルが辛い状況にいるのなら、そばにいたい。何より、わたしは彼に会いたい。

決意して言えば、トーニは微笑みかけてきた。

「じゃあ、俺の手を取って」

「わかった」

差し出された手に、右手を重ねる。すると、トーニの体が淡く光り始めた。

「時間と空間を司る神よ。汝《なんじ》の力を我に貸したまえ」

魔法の詠唱《えいしょう》だ。邪魔をしてはダメだと本能的に思い、黙って見守る。

「さあ、カスミ。クピ。跳ぶぞ」

「う、うん」

トーニの光が、わたしとクピにも移ってきた。温かい。なんだか、胸がドキドキする。

次の瞬間、ぶわっと、わたしたちの足下に魔法陣らしき円陣が現れた。びっしりと読めない文字が書き連ねてある。その魔法陣が、ゆっくりとわたしとトーニを包み込むように、上がってくる。

「神の力の執行を！」

トーニが叫ぶと、視界が一瞬ぐにゃりと歪《ゆが》んだ。

そして瞬《まばた》きを一つすると、わたしは草地に立っていた。

「え、え……？」

さっきまで部屋のなかだったのに、一瞬で外に来てしまった。

「俺にしか使えない転移魔法さ」

そう言ってトーニは、片目をパチリと瞑《つぶ》ってみせた。

「ま、魔法って凄《すご》いんだね」

きょろきょろと辺りを見る。周りには、テントらしきものがいくつもあった。

わたしたちを遠巻きに見てる人の姿もちらほらある。皆、腰に剣を差していた。

「トーニ、ここは？」

「我が国の、戦場での本拠だよ。ここにいるのは兵士や騎士。あと、俺と同じ魔術師もいる。皆、仲間さ」

「そ、そうなんだ」

戦場にある陣地のようだ。皆から、ピリピリした空気を感じる。

それに、わたしは部屋着と運動靴姿。明らかに浮いているよね？

「ト、トーニ。早くライルのところに行こうよ」

トーニの白いローブを引っ張ると、「ああ、そうだな」と頷いた。

わたしのいたたまれなさを感じ取ったのか、トーニがクピのいない方の肩をぽんと叩いた。

「カスミ。ちょっとじっとしてろよ」

「え……？」

トーニがパチンと指を鳴らす。すると、わたしの体が光った。そして気がつけば、わたしは黒いローブを身につけていた。

「トーニ、これって……」

「うん、魔術師のローブ。カスミの格好はここじゃあ目立つからなー」

「あ、そうだよね」

『カスミ、苦しいきゅー』

うごうごと、ローブの下からクピが這《は》いずり出てくる。

「ごめんね、クピ」

『きゅー……』

クピは、わたしの頭の上に乗っかった。そこを定位置に決めたようだ。

「よし、クピも落ち着いたようだし。行こうか、ライルのもとへ」

トーニがにっこりする。

「う、うん」

まだ周りの空気に戸惑いを隠せないまま、わたしは歩き出したトーニの後をついて行った。


「こ、ここにライルがいるの？」

トーニが向かった先は、いくつもあるテントのなかでもひときわ大きなテントだった。見張りらしき人が二人もいるし……

ライルは騎士だっていうから、簡素なテントで寝泊まりして、日中は剣の訓練とかで体を動かしているとばかり思っていた。

案内されたテントは、どう見ても簡素なんてものとは違う。迫力が桁違いだし……

「さー、カスミ。ライルはこのなかだ」

トーニは堂々とテントに入ろうとする。見張りの人たちは、何も言わない。ただ、トーニの後ろにいるわたしには一瞥《いちべつ》をくれたけど。

わたしはトーニから離れないように、できるだけくっついてなかに入った。

「トーニ殿！　こんな大事なときに何をしておられたのか！」

テントに入った途端、男性の怒鳴り声が響いた。思わずピクリと肩が揺れる。

「まあまあ、客人を迎えに行っていたんだって」

けれど怒鳴られた本人は気にした様子もなく、へらへらと笑っている。

わたしはトーニの後ろから、テントのなかを窺《うかが》った。

そこには長いテーブルがあり、そのテーブルを十人ほどの人たちが囲んでいた。そしてそのなかに——ライルの姿が！　わたしは目を見開いてしまう。

だってここ、どう考えても偉い人が集まってるところだよ？　ライルに会うにしても、手順というものがあるはずだ。いきなり、こんな凄《すご》いところに連れて来られても……

「ねえ、トーニ……」

「客人ですと？」

小声で呼びかけた声は、男性の声にかき消された。この声、さっき怒鳴った人だ。

「客人とはまさか、そこにいる娘のことですかな？」

男性の言葉に、テントのなかの視線がわたしに集中する。

怖くなったわたしはトーニにかくれつつ、ライルを見た。ライルもわたしを見ていた。驚愕の為か、その目を見開いて。

「カスミ？」

ライルの口がわたしの名前を呼ぶのが見えた。でも、声は小さなもので、テントのなかでは響かない。

「ああ、ハーゼス将軍。彼女はカスミ。実は、今回の作戦の原案は彼女が作ったものなんだ」

「なんと、その少女が！」

「見たところ、魔術師のようだが。もしかして、トーニ殿の弟子では？」

周りがざわつき、それぞれが険しい表情でこちらを見ている。

だけど、わたしはわたしで大混乱だった。

まさかこんな知らない人がいっぱいの場でライルに会うなんて思ってもいなかったし、トーニが何かの作戦をわたしが考えたと言っていることも意味がわからない。

「トーニよ。その客人を、妾《わらわ》に紹介しておくれ」

目を白黒させていると、凛《りん》とした涼やかな声がした。女の人の声だ。

視線を向けた先には――女神様がいた。

金色の髪を真珠の髪飾りで結い上げ、その下には完璧な美貌を誇る顔。トーニやライルに勝るとも劣らないくらい、綺麗な人だ。豪奢《ごうしゃ》な赤いマントの下に、純白のドレス。そして凛《りん》とした空気が、彼女の美しさを際だたせていた。

息をするのも忘れて魅入っていると、トーニの肩が揺れたのを感じた。どうやら笑っているようだ。

「アンジェリカは好奇心旺盛《おうせい》だねー。いいよ、いいよ。紹介する。この子の名前はカスミ。今回の作戦の立案者であり、俺とライルの友人さ。身元は俺が保証する」

「ほう、トーニとライルの……。まことか、ライルよ」

輝く女性がライルに尋ねる。何故《なぜ》かライルは、トーニを睨《にら》みつけていた。

だけど、女性に問いかけられると、姿勢を正した。

「はっ、陛下。まことにございます」

ライルの返答に、わたしの呼吸が止まる。

陛下。ライルは女性を陛下と呼んだ。つまり……

「あの人が、女王様……？」

あんな綺麗な人が――ライルの大切な人。

口からこぼれたわたしの声はとても弱々しくて、誰の耳にも届かなかっただろう。

女王様が、わたしを見る。

「そうか。カスミよ」

「あっ、は、はい！」

女王様に名前を呼ばれるとは思わなくて、わたしは慌てて返事をした。

「此度《こたび》の作戦は、成功すれば我が国が優位に立てる。良き提案、感謝する」

「い、いえ！」

だから、作戦って何のこと!?

「船を使って、矢を集めるってやつだ」

トーニがこっそりと教えてくれた。

ああ！　孔明の策か！

ライルがわたしの教えたことを活用してくれたと知って、何だか嬉しくなる。だけど、ライルは浮かない顔をしていた。さっきはトーニを睨《にら》んでいたし、わたしにも笑顔一つ見せない。

「皆よ。カスミは、宮廷魔術師長であるトーニの客人だ。それを踏まえて接するように」

「は！」

女王様に皆が頭を下げる。まだ若いのに、その声には逆らいがたい威厳があった。皆は、わたしを信じたわけじゃない。わたしを認めた女王様を、そしてトーニを信じているんだ。

女王様が再びわたしを見る。

「カスミよ、今から大事な軍議がある。すまないが、席を外してもらえないだろうか」

「はっ、はい！」

ちりんちりんと、女王様が呼び鈴を鳴らした。すると、外にいた見張りの一人がテントのなかに入ってくる。

「お呼びでしょうか、陛下」

「ああ。その者は、トーニの連れてきた娘で、名をカスミという。トーニの客人であるから、天幕を一つ貸し与えてくれ」

「かしこまりました」

見張りの人がわたしを見る。

「カスミ様、ご案内しますので、どうぞこちらに」

「は、はい！」

「またな、カスミ」

トーニがひらひらと手を振っている。

何となくだけど、トーニの意図がわかった気がした。トーニは、偉い人が集まる場でわたしを客人と紹介することで、ここにわたしの居場所を作ってくれたんだ。

だけど、ライルとの再会という点では、良かったのかどうか……

テントから出る前にライルを見たけど、やっぱり表情は厳しいままだった。


「うーん……」

案内されたテントのなかで、わたしは椅子に座り、唸《うな》っていた。

短時間に色んなことが起きて、頭はパニック状態だ。

「ライルに一応再会できて、でもって女王様は美人だった。わたしは異世界の戦場でお客さんになっちゃって、クピはしゃべれて――」

この国が戦争をしているのは本当なんだろう。

そして、ライルが無事だったことも確認できた。それは良いことなんだけど……

「なんか、肩透かしだな」

わたしは、今ライルに危機が訪れていると思っていた。クピの騒ぎっぷりに、わたしが少しでもライルの役に立てるならと決意して来たのだ。

そばにいたいと強く思ってしまったということもある。だから、わたしはここに来た。世界を越えて。

けれど、さっき見た様子だと、苦戦をしているようには思えなかった。そもそも、あの女王様が率いる軍が負けるなんて思えない。若いけど、カリスマの塊《かたまり》のような人だった。

「あんな綺麗な人なら、ライルも好きになるよね……」

千尋や彩音ちゃんに応援されたけど、ライバルが自分とは比較にならないくらい凄い人だった場合は、どうすればいいんだろう。勝負を挑む以前の問題だよ、これは。

「はあ……」

異世界に来て早々に、わたしの気持ちは折れそうになっていた。

『カスミ、大丈夫きゅ？』

クピが、頭の上から声をかけてくる。

「クピ、ライルに危機が迫っているのは、本当なの？」

クピはぶるぶると体を震わす。

『クピ、ご主人の危険、わかるきゅー！』

「やっぱり、そうなんだ……」

『でも、詳しいことまではわからないきゅー……』

落ち込んだ様子のクピを、ぽんぽんと撫でて慰《なぐさ》める。

「わたし、ライルの力になれる？」

『きゅ！　カスミがご主人を助けるきゅ！　それは、確かきゅ！』

クピは自信たっぷりに言い切った。

「そう、なんだ」

けれど、光輝く女王様を見た後なので、わたしは自分に自信がもてないでいる。

だって、あんなオーラのある女王様をさしおいて、わたしがライルを助けられるなんてこと、あるのかな……

思考が沈みかけたとき、テントの入り口に人影が見えた。

「カスミー、いるかー？」

「トーニ？」

「そうそう、俺。入るぞー」

返事を待たずに、トーニはずかずかとテントに入ってきた。

「軍議、終わったの？」

「おー、終わった終わった。白熱したぜ」

トーニはおどけた調子で、肩をすくめた。会議とか、トーニ苦手そうだもんね。

わたしは椅子に座ったまま、トーニを見上げる。

「ねえ、トーニ。本当にわたしなんかが……」

「トーニ！」

わたしの声は、テントの入り口に現れた人物によって遮《さえぎ》られた。

ライルだ！

ライルは、入り口にかかっている布を乱暴な仕草で開け、テントに足を踏み入れる。いつも穏やかなライルとは思えない行動に、わたしの体が固まった。

「どういうつもりですか！」

「どうって？　何が？」

「とぼけないでください！」

ライルが、トーニのローブの首もとを掴んだ。

「苦しいよ、ライル」

「何故《なぜ》！　何故《なぜ》、ここにカスミがいるのです！」

トーニの方は、ライルの剣幕に動じた様子はない。むしろ面白がっているようにさえ見える。

「何故《なぜ》も何も、俺が連れてきたんだよ」

「トーニ！」

ライルの怒鳴り声が、びりびりと鼓膜に響く。

ライルが怒っている。こんなライル、見たことない。クピも頭の上でびくびくしている。

どうしよう、トーニはわたしを庇《かば》ったんだ。止めていたトーニに、わたし自身が行くって言ったのに！　い、言わなくちゃ、トーニは悪くないって！

「ラ、ライ……」

「貴方は、自分が何をしたのかわかっているのですか！」

なんとか口を開いたけれど、わたしの声は、ライルによりかき消されてしまう。

トーニはわたしに向けて微笑むと、ライルを見た。

「わかってるよ。お前よりずっと、色んなことを俺はわかっている」

「茶化さないでください！」

「それよりも見ろ。カスミが怯《おび》えている」

トーニがひたすら身を固くしているわたしを見て言った。ライルの手から力が抜ける。

「カスミ……」

トーニから離れ、ライルがわたしに近づいてきた。

でも、一定の距離まで来ると、彼は立ち止まってしまう。このときになって、わたしはライルがトーニと同じぐらい背が高いことに気がついた。

ライルがじっとわたしを見下ろす。

「何故《なぜ》、来てしまったんです」

「え……」

ライルから放たれた言葉に、わたしは言葉を失った。

ライルに表情はない。無表情だ。そこに温かさは一切なく、むしろ冷たいとさえ感じる。

「貴女は、来てはいけなかった」

「ラ、イル……」

ライルから告げられた冷たい言葉に、体が震える。心が冷えていく。

「おい、ライル！」

トーニがライルの肩に手を置いたけれど、ライルはそれをぱしんっと払いのけた。

「……失礼します」

それからライルはわたしを見ることもなく、テントから出ていった。

ライルから、全身で拒まれているとわかった。

「……あいつ、相当拗《こじ》らせてんな」

トーニが苦々しく呟き、そして、わたしの肩を軽く叩いた。

「なに、気にすんな。ライルは難しい年頃なんだよ」

「……わたし、来ちゃいけなかったのかな」

慰《なぐさ》めようとするトーニに向かって出たのは、弱気な言葉だった。

こっちの世界に行くと決めたとき、わたしはライルが歓迎してくれると当然のように思っていた。

少しは怒られるかもしれないけど、優しい彼のことだ。ライルを心配して来たのだと伝えれば、受け入れてくれると勝手に思っていたのだ。

でも、現実は違った。

ライルのそばには女王様がいて、わたしは拒絶された。

ライルのなかでのわたしの比重は、とても軽いものだったのかもしれない。

それなりに仲良くなれたと思ったのは、わたしだけだったのかも——

「ライル、凄《すご》く怒ってた。怒らせちゃった」

声が震える。自分の足もとが、ガラガラと音を立てて崩れていくような気がした。

「カスミ……」

トーニが小さく息をはく。

「怒らせたのは俺だよ。お前じゃない。あと、お前を連れてきたのは俺で、責められるべきなのも俺だ」

「ううん。決めたのは、わたしだから。トーニは悪くない」

「カスミは優しいな」

「トーニも優しいよ」

慰《なぐさ》めてくれているトーニにあまり心配をかけたくなくて、無理に笑顔を作った。

「トーニ、忙しいんでしょう？　わたしは大丈夫だから、お仕事に戻っていいよ」

そう、大丈夫。――今は、まだ。

トーニは目を瞬《またた》かせると、微笑んだ。

「そうか。連れてきた俺が言うのもなんだけど。あんまり無理はするなよ」

「うん」

「夕食はまだだよな。後で運ばせるから」

「わかった、ありがとう」

トーニはテントから出て行った。多分、一人にしてほしいというわたしの願いを感じ取ったのだろう。

しんと静まるテントのなか、わたしはローブの下の胸ポケットからブローチを取り出す。

ライルがくれたブローチ。わたしを守ってくれるもの。

手のひらに乗せたブローチに、ぽたりと雫《しずく》が落ちる。

「ダメ、だなぁ。わたし、弱くなっちゃった……」

視界が歪《ゆが》む。

頭の上から、クピの案じる声がした。優しくクピを撫でる。

『カスミ、大丈夫。大丈夫きゅ？』

「うん、大丈夫。大丈夫だから」

クピにはそう言ったけど、でも実際のところ、相当ショックを受けている。

ライルの為に何かしたくて、わたしは世界を越えてきたけれど、ライルには迷惑だったようだ。

だとしたら、わたしは一体何の為に世界を渡ったのか。

彼の重荷になってしまうのは、嫌だ。でも、もう元の世界には戻れない。

ライルを好きでいたい。ライルに好かれたい。この世界で、ちゃんとライルに想いを伝えたい――

「そうだよ」

ぐいっと手の甲で涙を拭《ぬぐ》う。

「嫌われたって良いじゃん。だってさ――」

やっと、同じ世界に立てたのだ。あれほど望んだ、ライルのいる世界に。

「女は度胸！　そうだよね、お母さん！」

『そうきゅ！　カスミ、頑張るきゅ！』

そうだ、わたしにはクピもいるんだ。

嫌われてしまったのなら、好かれる努力をすれば良い。

そして、ライルに危機が訪れたら、全力で彼を助けるのだ。

自分に何ができるのか、まだわからない。でも、わたしは世界を越えたのだ。

その勇気をまた、胸に宿そう。

そう決意して、わたしは拳《こぶし》を握った。

◆◆◆

「くそ……！」

自身にあてがわれた天幕のなかで、机を乱暴に叩く。

「私は、どうしたら……」

最後に見たカスミの泣きそうな顔が、頭から離れない。

傷つけたいわけじゃない。

カスミのことを、大切だと感じている。

「ですが、私は陛下の剣。私情を挟むわけには」

カスミを見れば、守りたいという気持ちがわき起こる。誰よりもカスミを守りたい、と。だがその想いは、近衛《このえ》騎士として非常に危険だ。

陛下の剣に心などあってはならない。

だが、カスミを目にすると、すべてがおかしくなってしまうのだ。

だから会わないようにした。心を揺さぶられない為に。カスミを愛しく想う気持ちから、目を逸らしたのだ。そうすれば、すべてが元通りになると信じて。

しかし今日、トーニがカスミを連れてきてしまった。彼女を自身の暮らす世界から引き離して。

トーニの後ろに隠れていたカスミを見たとき、我が目を疑った。幻を見ているのかと思ったほどだ。

だが彼女は本物で――そして私の心には、恐れていたように波紋が広がった。

凪《な》いだはずの心が、いとも容易《たやす》く揺らいだのだ。彼女に再び会えて嬉しい、と。

「陛下、私は貴女の剣失格です」

拳《こぶし》を強く握りしめる。

「それが、カスミへの暴言の理由か」

天幕のなかで一人呟いた言葉に返事があっても、私は驚かなかった。

彼なら音も立てずに入ってこられることを、私は知っている。

「トーニ、何の用ですか。失礼ながら、今の私は平常心でいられません」

「カスミが理由か」

「……わかっているなら、何故《なぜ》！」

彼女を連れてきたのだ！

睨《にら》みつけても、トーニの様子は変わらない。

「おーおー、ライルくん。怖い顔してるなぁ」

「トーニ、今すぐカスミを彼女の世界に帰してください」

おどけるトーニには反応せず、要求を突きつける。今ならまだ間に合う気がした。再び元の自分に戻れる気が。

しかし、トーニは軽く肩をすくめる。

「それは無理だ。カスミをこっちに引っ張り込んだら、向こうの世界との繋《つな》がりが消えた。カスミはもう二度と、元の世界には帰れない」

「なんて、ことを……っ！　それなのに――いえ、それならばこそ何故《なぜ》、カスミをこの世界に連れてきたのです⁉」

声を震わす私に、トーニは真剣な表情を浮かべた。

「ライル。そんな風にカスミの為に怒るぐらいなら、もっとカスミに優しくしてやれ」

「……貴方に、言われたくありません」

「まあ、俺はカスミをさらってきた張本人だからな」

「わかっているなら……！」

感情が高ぶる。トーニが許せない。カスミから彼女の世界を奪ったのだ。

家族や友がいるその世界を。

だが、もっと許せないのは……

　カスミのことを心配しながら、心の片隅《かたすみ》では彼女が同じ世界にいることに喜びを感じている自分だ。

「ライル」

　トーニが静かな声で私を呼ぶ。

「正直になれ、素直になれ。カスミはな、お前の為にここまで来たんだ」

　まるで甘い毒のような囁《ささや》きに、頭がくらくらする。

「カスミは来た。お前たちは同じ場所に立っているんだ。もう、障害はお前の心にしかない」

　障害？　私の心に？

「ですが、私の、忠誠は……」

　毒に抵抗する為に、何とか言葉を口にする。トーニは呆れたように息をはいた。

「アンジェリカも罪作りだな。あのな、あいつは確かに自分の剣を必要としている。だけどな、それは心のない兵器じゃない」

「何、を……？」

「つまりな、お前自身も、アンジェリカにとっては大切な民だってことだ。自国の民には、幸せになってほしいんだよ、あいつは。だから、なっていいんだ、幸せに」

　トーニが微笑む。その笑みは、達観した年長者のものだ。

「幸せに……」

　良いのだろうか、願っても。叶わないと思っていたカスミとの未来を、描いても。

「で、ですが。私はカスミに酷《ひど》いことを……」

「あー、あれはまずかったよな。カスミ、泣いてるかも」

トーニの言葉に動揺する。

不思議な箱越しにしか会話できなかったカスミは、同じ世界に立ってみると、とても小柄な少女だった。頼りない風情《ふぜい》に、庇護欲《ひごよく》をかき立てられた。一人で世界を渡り、そして元の世界には戻れなくなってしまった少女。なのに、そんなカスミを、私は突き放してしまったのだ。

「まあ、謝れば良いさ。きっと、許してくれるはず。——そうだろう？」

「カスミは、優しいですから」

「まあな、良い子だよ。お前、見る目あるよ」

「それは……」

暗にカスミを好きなんだろうと指摘され、言葉に詰まる。

カスミへの想いはまだ複雑で、自分自身、消化しきれていないのだ。

「まっ、とにかくちゃんと謝れよ」

「はい、必ず」

許してくれると良いのだが……

「それじゃ、俺は色々やることがあるからさ。頑張れよ」

「はい」

トーニは天幕から出て行った。

改めて、トーニには敵《かな》わないと思う。

彼はわざと私を怒らせ、感情を発露《はつろ》させたのだろう。私があまりにも頑《かたく》なだったから。

「割とお節介な性格ですよね」

カスミを連れてきたのは、私の気持ちを成就させる為だったか。

まさかそれだけではないだろうと思いつつも、なんだかんだと、彼が他人の為に動くことは事実だ。そして、我々人間には知り得ないことを知っているのも。

「そんなエルフに、ここまでさせてしまったのです。私も頑張らないと」

先ほどまであれほど荒れ狂っていたのが嘘のように、私の気持ちは晴れ晴れとしていた。

私は良い友人に恵まれていることを、神に感謝しつつ、すぐにカスミの天幕を目指したのだが……

「ライル殿、陛下がお呼びです！　至急、来るようにと」

私は運には恵まれていないようだ。つい、伝令に恨みがましい目を向けてしまう。

「……すぐに参りますと、伝えてください」

「はっ！」

カスミのもとへは、この後で行こう。

ため息をつきつつ、決意をした。


――世界は無情だ。

結局陛下との話し合いは深夜にまで及び、そして翌日から、私は多忙を極めた。急に様々な作戦が動きはじめたのだ。

元々ここは戦場。私は陛下の剣として戦う為にいる。陛下のおそばを離れる余裕は、ほとんどなくなっていた。

一時的に十数名の部隊も与えられた。彼らに指示を出さねばならないうえ、カスミの提案した作戦が近々実行に移されるため、その準備にも忙殺される。

それでも、僅《わず》かに時間が作れたときにはカスミを探したのだが、彼女は客人でありながら調理場を手伝っているらしく、会うことは叶わなかった。

ただの客人扱いに、遠慮したのかもしれない。そんな彼女を好ましく思いつつも、こうも会えないとなると少しばかり恨みたくなる。

「いえ、いけませんね」

カスミを傷つけたのは私なのだ。カスミを恨むなど、見当違いも甚《はなは》だしい。

「……今日も、会えそうにないですね」

ぽつりと呟き、自分の天幕へと歩き出した。


戦場で、日が過ぎていく。

実はトーラスとは、まだ直接的に大規模な戦闘をしてはいない。

ちょこちょことこちらを突《つつ》いて様子を見つつ、準備ができたら一気に潰せばいい、とあちらは考えているようだ。いつでも勝てる、と。

その敵の油断に乗じて、懸念材料である矢の不足を、カスミの策で解消する算段だ。

戦いの初期に、トーラスに陸地に近い場所まで攻められたことがあった。そのときは、トーラス側の船に魔術師は乗っていなかった。貴重な存在である彼らを危険な目に遭わせたくないと考えたのだろう。まあ、トーラスが相当センドリアを侮《あなど》っているという意味でもあるが。

「矢の補充作戦ですが、今夜決行となりました」

私の天幕のなか、トーニと二人で顔を突き合わせて机のうえの地図を睨《にら》む。

「ああ、わかった。今日は闇夜《やみよ》だ。決行にはもってこいだな」

「……船を操るのは、トーニになったのでしたよね」

矢の雨が降ることになる船には、船を操る魔術師を一人乗せることになった。それが、トーニだ。

「大型船を操るなんて、俺には楽勝だからな。何なら藁《わら》兵士だって、動かしてみせるぞ」

得意げに笑うトーニに、私は苦笑を浮かべる。

「貴方を見ていると、心配しなくていいように思えてきますね」

「ああ、心配すんな。作戦は絶対うまくいく。俺が成功させてやる」

「たくさんの矢、期待していますよ」

トーニは、カラカラと笑う。その姿に気負った様子はない。彼ならばやってのけると、そう思えた。

「あーところで、ライルくん」

空気を変えるように、トーニが咳払いをする。

「何です？」

「カスミとは話せたのかね？」

「う……っ」

実は、私はまだカスミと会えていなかった。

陛下の命により、これまで前線に出向いていたのだ。この天幕に戻ったのも、ほんの少し前だ。

言葉に詰まった私に、トーニの頬が引きつる。

「なにお前、話せてないの？　謝ってないの？　さいてー」

「さ、最低って……」

心を抉《えぐ》られた。トーニの言葉は、直球すぎる。

「あのなー、カスミが調理場に出入りしてんの、知ってるだろ？」

「え、ええ。働き者ですよね」

「違う！　それは俺の欲しい反応じゃない！」

「はあ……」

私の返答が気に入らなかったらしく、トーニは眉を寄せた。

「……カスミが来てから料理が美味《うま》くなったと、下級兵士の間で評判です。そう、ライルくん。評判なんですよ」

「そ、そうなんですか」

カスミが出入りしている調理場は、下級の兵士たちの食事を作るところで、私たち上級の騎士のとは別である。

……カスミの料理を食べられるとは。なんと妬《ねた》ましい。私だって食べたいのに。

「ライルくん！」

「はい！」

トーニにビシッと指を突きつけられ、思考が逸れていた私は姿勢を正す。そうしなければいけないような気迫を、トーニから感じたのだ。

「下級兵士——すなわち男に、人気があるんだよ、カスミは！」

「え……？」

「小さくて可愛いとかぁ、異国風な雰囲気が神秘的とかぁ、気さくな性格が良いとかぁ。とにかく、人気者だよ？」

初耳だ。

「そのうえ料理上手とか。ほんと、恋人にするには良い子だよねー」

がたん。手から書簡が下に落ちる。

トーニがふざけていた態度から一転して、真剣な眼差しを向けてきた。

「うかうかしてたら取られるぞ」

いつもとは全然違う、低い声。その声で告げられた言葉は、私に衝撃を与えた。

取られる。カスミを、他の誰かに。

「嫌だ」

気がつけば、そう言っていた。カスミの隣に自分ではない誰かがいるなど、想像もしたくない。

カスミの隣で、彼女に笑顔を向けてもらうのは……私でなければ。

トーニを見れば、彼は満足そうに笑っていた。

「よしよし、ライル。ちゃんと自分の気持ちを理解したな？」

「はい」

真剣に頷いた。

カスミと会って、私のなかには様々な感情が芽生えた。

愛情、嫉妬、独占欲。

芽生えたものは、必ずしも綺麗な感情ばかりではない。それでも確かなことがある。

「私は、カスミが大切です」

これが、私の本心だ。

トーニが私の肩を叩いた。

「早く、ちゃんと話せよ」

「はい！」

不甲斐ない私の背をいつも押してくれるのは、この友人だ。

「そんじゃ、俺は今夜の作戦の為に休憩するわ」

「ええ、良く体を休めてくださいね」

トーニがひらひらと手を振り、天幕から出て行った。

……トーニに後押しされたのだ。私も諦めずに、カスミと話そう。


その夜、トーニが操る船がひっそりと出発した。

◆◆◆

朝、いつものように調理場に向かう。

ライルを諦めないと決めたわたしはまず、自分にできることを探した。この世界でちゃんと生きて、少しでもライルの役に立ちたいと思って。そして、彼に見直してもらいたかったのだ。

わたしはここに、非戦闘員の人たちがいるのを知った。

矢を作る人員や、剣を鍛える職人とかのなかで、自分にもできる仕事を見つけたのだ。

それは、兵士の人たちの食事を作る仕事。料理人たちに頼み込んで、わたしも食事作りに参加させてもらえることになったのだ。

そうして、調理場で働くのがわたしの日課になった。

トーニが身元を証明してくれたのが大きかったみたい。トーニに感謝だね！

因《ちな》みに、クピは基本的に、わたしの頭の上で寝ている。すっかりそこが定位置だ。ライルに危機が迫っているのにのんきだなぁなんて思ったりもするけれど、危険な状況になっていないのだから、それはそれで良いことかな。

「カスミ！　今日も美味《おい》しい食事期待しているぞ！」

「おはよう、カスミちゃん！」

兵士の人たちが気さくに話しかけてくれる。わたしはそれににこにこ笑って応《こた》えた。

「楽しみにしててね！」

ライルの国の人たちは、優しい人が多いなぁ。まあ、最初は警戒されていたけどね。仕事を頑張っていたら、挨拶《あいさつ》から始まり、今はこうして声をかけてくれるようにまでなった。うんうん、良いことだ。

「カスミちゃん！　おはようさん！」

調理場に入ると、下拵《したごしら》えをしている女の人が話しかけてくる。彼女はミニアさん。現地で雇われた一人なんだって。ライルの国には白い肌の人が多いのだけれど、彼女の肌は小麦色だ。ここが港町だからかな。

わたしがまだ調理場に馴染《なじ》めていなかったころから仲良くしてくれた、親切な人だ。

「ああ、そうだった。カスミちゃん、トーニ様の船が今朝戻ってきたようだよ」

「船って、あ！」

孔明の策だ！

今朝戻ったってことは、昨日決行したんだ。トーニが作戦の責任者になったのかな。

それにしても、トーニが帰還したことを知ってるなんて、ミニアさんは情報通だ。

「何でも、船にはたくさんの矢が打ち込まれてて、壮観らしいよ。トーニ様は笑顔で帰還したって」

「良かった……」

作戦、成功したんだ。トーニも無事みたいだし、本当に良かった……

「カスミちゃん、船着き場に行っておいでよ。下拵《したごしら》えとかはあたしらに任せてさ」

「え、でも……」

「まあ、料理長は味見役がいなくて困るだろうけどね。でもトーニ様はカスミちゃんの後見人なんだろ？」

「う、うん」

ここでは、トーニがわたしの保護者になっているのだ。

「なら、後見人の無事を確かめてきな。トーニ様も喜んでくださるさ」

「ありがとう、ミニアさん！」

わたしは、調理場を飛び出した。

確かに、無事だと聞いていても、トーニの姿をちゃんと見ないと安心できない気持ちはある。

「あっ、カスミちゃん。どこに行くんだい！」

料理長がわたしに気がついた。

料理長とは、日本の味つけや、ちょっとした裏ワザ的料理法とかについて話したら、親しくなったんだよね。今では料理の味見を頼まれるほどの仲だ。日本のテレビ番組で、料理の裏ワザを学んでおいて、本当に良かった。

「ちょっと船着き場まで行ってきます！」

「ああ、トーニ様だね。気をつけて！」

「はい！」

料理長に見送られ、わたしは船着き場へ走って向かった。


船着き場に着くと、大きな船がいくつも見えた。そのなかの一隻《いっせき》に人だかりができている。

その船からは、いくつもの矢が刺さった藁《わら》人形が運び出されていた。

船自体にも無数の矢が刺さっていて凄《すご》い状態だ。

「あの船だ」

間違いない。わたしは人垣に近づく。

「いやぁ、凄《すご》いもんだ」

「何万もの矢が回収できたそうだぞ」

大柄な人ばかりだから、向こうが見えない。

「す、すみません。トーニはどこですか？」

近くにいた兵士さんに声をかけると、「ああ、カスミじゃないか」と名前を呼ばれた。わたしのことを知っているようだ。

「おい、お前ら。カスミだ、トーニ様に会わせてあげろ！」

兵士さんが声を上げると、人垣が割れて道ができた。

「モ、モーゼ……」

思わず呟いてしまう。

「さっ、カスミ。トーニ様の凱旋《がいせん》だ。祝いの言葉の一つも言いたいだろ」

「あ、ありがとうございます！」

わたしは深くお辞儀をして、目の前にできた道を走る。うう、凄《すご》い見られてる。恥ずかしいよう。

道の先に、トーニはいた。

白いローブには、汚れなど見えない。ただ、眠そうな顔をして、周りの人と話をしている。

「トーニ！」

呼ぶと、彼はあくびをしてから、「おー、カスミー」と手を振った。

すぐにでもトーニと話したかったけれど、それ以上近寄ることはできなかった。

トーニと話している人のなかに、流れるような金髪の人物がいるのが見えたからだ。着ている服にも、見覚えがある。確か、初めてここに来たときに、彼はあの制服を着ていた。

その後ろ姿が、ゆっくりと振り向く。透き通った碧眼《へきがん》が、わたしを捉《とら》えた。

「ラ、イル」

わたしの想い人が、そこにいた。

「カスミ……」

ライルが目を見張って、わたしを見る。初日に拒絶されたことを思い出し、わたしの心が竦《すく》んだ。

「あー、そのなんだ。皆さん、ライルは用があるみたいなので、我々は移動しますかね」

トーニがわたしとライルを見てそう言った。

「お、おう。そうですな。移動しましょう」

髭《ひげ》を生やした男の人が、訳知り顔でうんうん頷いた。え、ちょっと。何を察したんですか！

「あ、あの。皆さん……？」

ライルも困惑しているみたいだ。

「では、ライル殿。我々はこれで」

「ほっほっほ、若いというのは、良いですなぁ」

「あっ、カスミ。クピは預かっておくからなー」

『きゅっ⁉』

トーニがわたしの頭の上で寝ていたクピを掴んだ。クピが驚いて鳴き声を上げる。

「じゃあなー、あっ、こらクピ、噛《か》むなよ！」

そうして、トーニを含めた男の人たちはいなくなってしまった。でも、船を見る人垣はあるわけで……

な、なんか、船よりもわたしとライルを見ている気がする。

「カスミ」

人目を気にして赤くなるわたしに、ライルが声をかけた。

「は、はい……」

ど、どうしよう。また、ライルを怒らせちゃうのかな。怖くて、顔を見られない。

ふう、とライルが息をはく音がした。

「まずは、私たちも場所を移動しましょう」

「う、うん」

恐る恐るライルを見ると、彼は怒ってはいないようだった。ただ、寂しそうに苦笑を浮かべてはいたけれど。

「さあ、行きましょう」

歩き出したライルを、わたしは追いかけた。


ライルは、いくつもあるテントの一つの前に立った。そして、入り口の布を開くと、わたしに手招きをする。

「これは私の天幕です。カスミ、なかへ」

「うん……」

招かれたテントのなかは、わたしのところとあまり変わらなかった。

ただ、ライルのテントには剣が二本飾られていて、それが大きく異なっていた。あれを使って、戦うのかな……

「カスミ、座ってください」

剣に目を奪われていたわたしに、ライルが声をかける。

「あ、ありがとう」

「いえ」

椅子に座ると、机を挟んだ向こうにライルも座った。

……気まずい。

トーニは、ライルを怒らせたのは自分だと言ってくれたけど、そうじゃないことはちゃんとわかっている。原因はわたしだ。

『貴女は、来てはいけなかった』

ライルの明確な拒絶の言葉。思い出すだけで、胸が痛む。あれがきっと、ライルの本心なのだ。

でも、わたしはライルを諦めないと決めたはず。だから頑張って、食事を作るお手伝いをしたりして――

だけど、口から言葉が出ない。無言はダメだとわかっているのに、どんどん気まずくなる。何か、何か話さなくちゃ！

「あ、あのね、ライル。わた、わたしね、今調理場を手伝っているんだー」

ライルをちらちら見ながら、何とか必死で話題を探した。

「……知ってますよ」

「そっ、そっかぁ。知ってたんだぁ」

あははーと笑って、終了ー。

無言が、わたしたちを支配する。どうしよう。話題が思いつかない。必死に頭を動かすが、良い案は出てこなかった。

「え、えっとね――……」

それでも場を明るくしようとしたのだけど――

「……カスミ」

ライルに呼ばれ、口を閉ざした。反射的に、肩が揺れる。緊張で、体が縛られたように動かない。

そんなわたしを、ライルは辛そうに見ていた。

「カスミ、すみませんでした」

ライルが突然、わたしに頭を下げた。驚きに目を見開く。

てっきり元の世界に帰れとか、何をしに来たのだとか言われるかと思っていたのに。

わたしの体から、力が抜けた。

ライルは顔を上げ、真摯《しんし》な眼差しを向けてくる。

「私は身勝手な想いから、貴女に辛く当たってしまった。貴女は悪くなどないのに」

そして、ライルは再び頭を下げた。

「ラ、ライル！　頭を上げてよ！」

「それはできません」

「でもっ、ほらっ。わたしが勝手に来ちゃったんだし……ライル、迷惑だったでしょう？」

大切な女王様を守らなくちゃいけないのに、足手まといなわたしが、友達面《づら》してやって来たのだ。

いいわけがない。

あ、考えたら辛くなってきたよ。

だけど、ライルはわたしの言葉に敏感に反応した。

「迷惑など……！」

顔を上げた彼のあまりにも必死な表情に、わたしは瞬《まばた》きをする。

「カスミを迷惑だなどと、思うはずがない！」

「で、でも。ライル、怒って……」

ライルの顔が歪《ゆが》んだ。

「あれは、私が未熟だったからです。カスミは何も悪くない」

「じゃ、じゃあライル、もう怒ってない？」

「当たり前です。もとより、貴女に怒りは感じていません。あのときの私は、余裕がなかったのです。自分の弱さを認められず、あのようなことを。本当に悪いことをしてしまいました」

「……そっか、良かったぁ。ライルに嫌われたかと思って、凄《すご》く落ち込んじゃってたよ」

えへへーと笑うと、ライルは口を引き結んだ。

「貴女を嫌うなど……できるはずがありません」

「え……？」

意味がわからず、思わず聞き返すと、ライルが立ち上がり、椅子に座るわたしの横に来た。

「カスミ、こちらを向いてください」

「う、うん」

ライルの顔が凄《すご》く真剣で、思わずたじろぐ。

「カスミ。すみませんが、右手の甲を私に見せてください」

「あ、うん」

右手をライルに差し出す。すると、ライルが地面に片膝をついた。

そして、まるで大切なものを扱うように、わたしの右手を自身の両手で包み込む。

「ラ、ライル！」

「黙って」

静かな口調で言われ、わたしは口を噤《つぐ》む。

ライルはそっと、わたしの右手の甲に自分の額《ひたい》をくっつけた。

「貴女の手に誓います。私は貴女を、カスミを愛すると」

告げられた内容に、頭が追いつかない。

何、ライルは何を口にしたの？

「神に誓って、貴女の魂ごと愛します」

顔を上げたライルは、真っ直ぐにわたしを見つめる。そして、わたしの手の甲にキスをした。

ライルの温もりが、触れた場所から体中に広がっていく。

「……我が国に伝わる、男性から女性への告白です」

「こく、はく」

どういう、こと？　ライルは女王様が、好きなんじゃないの？　なんでわたしに、愛の告白？

ああ、もうわからない。

わかるのは、わたしの顔が真っ赤だということだけだ。

「……その反応を見る限り、私の方こそ嫌われてはいないようですね」

「うー……」

ホッと息をはくライルが憎らしい。

ライルは立ち上がることなく、わたしを見つめている。ライルの目が潤《うる》んでいる。そして、恋《こ》い焦がれているように見える。そう、それは、姿見で見たわたしの目と同じ。恋する目だ。

ライルは本当に、わたしに恋をしているんだ。

その事実に、心は舞い上がる。

「カスミ、答えをもらっても良いですか……？」

躊躇《ためら》いがちにライルは言う。

「貴女が私を想ってくださるなら、一生大切にします。もし、想いを拒まれても——そのときは、友人としてそばにいてもいいですか？」

どうしてライルは、こんなにもわたしを喜ばせてくれるのだろう。

恋人でなくても、そばにいたいって……。そんなの。わたしと同じだ。

「ライル、返事はどうしたら良いの？」

昔から伝わるものなら、返事の方法も何かあるはずだ。そう思って聞けば、ライルは覚悟したように口を開いた。

「受け入れるなら、相手の額《ひたい》に口づけを。……受け入れない場合には、手を振り払ってください」

「わかった」

言うと同時に、わたしはライルの額《ひたい》にキスを落とした。恥ずかしいから、一瞬だったけど。

「こ、これがわたしの返事、だよ」

「カスミ……！」

感極まったようなライルの声がしたと思ったら、ぎゅうぎゅうと抱きしめられた。

「苦しいよ、ライル」

「ありがとう、ありがとう、カスミ！」

ライルはわたしを離さない。わたしもおずおずとライルの背に手を回した。

「カスミ、愛しています」

「う、うん。わたしも大好きだよ。ライル」

愛してる、の言葉は、凄《すご》く恥ずかしい。でも、嬉しかった。

好きな人に好きになってもらうのって、こんなにも幸せなんだ。

そのときふと、右手の中指に違和感を覚えた。

「ん……？」

なんか、コリコリっていうか、明らかに何かが中指にある。

わたしは顔を上げ、ライルの背中に回していた右手をかざしてみた。

「指輪……？」

わたし、指輪なんて着けてなかったけど？

「ライル、ライル！」

ぽんぽんとライルの背中を叩く。

「どうしたのですか？」

体を離したライルが、不思議そうに聞いてくる。

「あのね、右手に指輪があるの。ライルがはめたの？」

いや、そんなことはされていない。第一、ライルがわたしの指のサイズを知るはずがない。

指輪はシンプルなデザインの銀色のもので、表面には読めない文字で何かが彫られていた。

「いえ、私ではなく、神からの贈りものですよ」

「へ……？」

ぽかんとするわたしに、ライルは自身の左手を見せた。ライルの左手の中指には、わたしのと同じデザインの指輪がはまっている。

「先ほどの誓いは、神へのもの。神が聞き、誓いは成されました。これは神からの祝福ですよ」

「へ？　神様が指輪をくれるの⁉　はっ、まさか⁉　これ、外れないとかはない？　それか、外したら罰せられるとか⁉」

自分の想像を超えた異世界っぽいことに、混乱を覚える。神という存在も出てきて、わたしは急に怖くなってしまった。

おびえるわたしに、ライルはゆるゆると首を横に振った。

「祝福ですから、そんな恐ろしいことはありません。外せますし、罰も下りませんから。それに、指輪をなくしても必ず手元に返ってくる利点はあります」

「そ、そうなんだ！」

そうだよね。ライルが怖い儀式なんてするはずがないもんね。あー、焦ったー！

「まあ、私としては常に着けてもらえたら嬉しいですが」

「う、うん！　ずっと……は無理だけど、できるだけ着けておくよ！」

お風呂とか調理場の仕事中は、外した方が良いもんね。

「ええ、ありがとう、カスミ。これで私の想いは神に認められました。こんなに嬉しいことはありません」

ライルは綺麗な笑顔で言うと、立ち上がった。

「さあ、貴女の天幕まで送りましょう」

「あっ、いいよ！　調理場のお仕事もあるし、一人で行けるから！」

ライルは忙しいのだから、手を煩《わずら》わせたくない。でも、ライルは寂しげに笑った。

「もう少しだけ、貴女と一緒にいたかったのですが」

「あ、う……」

そうだ、そうだ。わたしたち、両想いになりたてだった！

「え、えと。大丈夫だよ！　同じ場所にいるんだから、またすぐ会えるだろうし……」

ああ、わたしまた赤くなってるよ。しどろもどろになるわたしを、ライルが両手で包む。

「ええ、そうですね。私たちはもう同じ場所にいる。カスミ、また会いましょう」

そうして、ライルはさっきわたしがやったように、額《ひたい》にキスをした。

もう、沸騰《ふっとう》寸前だ。自分でやるのと相手にやってもらうのとでは、羞恥心《しゅうちしん》が全然違う！

「う、うん。またね……」

そう言うとぎこちなく、椅子から立ち上がった。そのまま、ギクシャクした動きでテントから出る。


……それから、三十分後。

わたしはまた、ライルのテントに来ていた。

ライルの胸ぐらを掴み、揺さぶっている。

「ねえっ、何で教えてくれなかったの⁉　この指輪が最上級の、あっ、愛の証《あかし》になっちゃうって！何で教えてくれなかったの⁉」

「カスミ、苦しいですよ」

「皆から言われたんだよ！　おめでとう、お相手は誰、って！　これ告白じゃなくて、結婚の申し込みなんでしょう⁉」

「ああ、余計なことを教えたのはトーニですね」

「そうだよ！　トーニ爆笑してたんだけど⁉　お付き合いすっ飛ばしての結婚おめでとうって！」

半泣きでライルをがくがく揺さぶる。

恥ずかしかった。皆からの温かな眼差しに、祝福ムード！　何を言っても、惚気《のろけ》ごちそうさまの嵐で。

「兵士の人たちなんか、感極まって泣いてたんだから！」

「あー、それはそれは」

「何でそんな嬉しそうなの⁉」

「余計な虫が払えたので、嬉しいですよ」

「わたしは恥ずかしいんだけど！」

これから毎日あんな感じになるのだと思うと、恥ずかしくてどうにかなってしまいそうだ。

そういう気持ちを込めて言い放てば、ライルは笑顔を引っ込めた。

わたしの手を掴むようにして動きを封じてから、真剣な表情で見つめてくる。

「カスミは、恥ずかしいのですか？　私との関係が知られるのは、嫌だと？」

「い、嫌って言うか……」

ライルのあまりの真剣さに、たじろいでしまう。

ライルは、少し表情を和《やわ》らげると、掴んだままのわたしの手に口づけた。

「ラ、ライル！」

「私は、恥ずかしくありません」

きっぱりと言い切るライルに、わたしの鼓動が速くなる。

「貴女のことが愛おしい」

今度は額《ひたい》に唇が触れる。

「もう貴女を否定する馬鹿な自分には、戻りたくはありません」

右の頬にも。

「私は、貴女を幸せにします」

左の頬に口づけをされるころには、頭がクラクラしていた。

「貴女は、私を恥ずかしいと思いますか？」

ライルの言葉に、泣きそうになる。

「思わないよ！　ライルのこと、大好きだもん！」

「私もですよ。カスミ、世界を越えてきてくれて、ありがとうございます。一生、幸せにします」

優しく言われて、涙が流れる。ライルは指先で、涙を拭《ぬぐ》ってくれた。

「すみません、カスミ。泣かせてしまいましたね」

「ううん、ううん……！」

わたしは子どもみたいに、ただ頭を振る。

「ただ、カスミには知ってもらいたいのです。ここに、貴女を心の底から好いている男がいることを」

「うん……」

わたしはライルに抱きついた。すぐにライルも腕を回してくれる。

「ライル、大好き。恥ずかしいなんて言って、ごめんなさい！」

「良いのです。カスミに想われているとわかっただけで、私は嬉しいですよ」

「うん！」

しばらくの間、わたしはライルと抱き合っていた。幸せに浸《ひた》りながら、何かが引っかかっているような気になる。何か、大切なことを忘れているような……

「あ！」

わたし、ライルに危機が迫っていることをまだ言っていない！　それがあったから、この世界に来る決心をしたというのに。

……言っても、良いのかな？　時期はわからないけど、危険なことが起きるかもって。

ライルを見上げた。彼は、とても幸せそうに笑っている。

何だか、言い出しづらい。

そうだ、後でクピに聞いてみよう。ライルは、今は大丈夫なのかどうかを。いつごろ悪いことが起きそうなのかとか、危機が起きる時期がわからないかとかを。

そうやって、わたしは問題を後回しにしてしまったのだった。


そして、ライルと想いが通じ合って数日――

戦況が動いたと、調理場に噂が立った。

6

「皆、良く聞け。トーラスが本隊を出してきた」

軍議用の天幕では、陛下が将軍たちに向かって、入ったばかりの報告を告げていた。

トーラスが本腰を入れた。それは、戦いの激化を意味する。

「すでに、何隻かの船が前線を抜けてきております」

ハーゼス将軍が続けた。

「上陸するつもりか」

ハーゼス将軍の報告に、将校たちが難しい表情を浮かべる。

「おそらく。魔術師や騎士が乗り込んで来るかと」

「トーニ殿、貴殿の兵団で一掃できませんか」

トーニは自《みずか》ら、魔術師兵団を擁《よう》しているのだ。その実力は相当なもので、魔術師一人で小規模兵団と戦えると言われている。

トーニは相変わらず寝癖のついた髪のまま、気負う様子もなく立っていた。

「うーん。うちの奴らは大規模な魔法が得意だからなぁ。一撃一撃は強いけど、加減はちょっと苦手かな。船だし、下手するとこっちにも被害が出かねないし。それに強い一撃は、連発も難しいぜ」

「ならば、魔術師を後方支援にまわし、騎士を援護しながら敵の魔術師を叩いていくしか……」

「いや、それでは騎士に損失が」

皆が皆、険しい顔をしている。

私も一部隊を率いる将として軍議に参加しているが、良い案は思い浮かばない。

「トーラスは質はどうあれ、魔術師の数だけは多いみたいだからなー」

そう言うトーニはのんびりと、指先で髪を弄《いじ》っている。

「トーニ殿、何を呑気な！　敵は明日にでも上陸してくるのですぞ！」

「うーん……」

私は知っている。トーニが髪を弄《いじ》るときは、深く思考しているのだと。

「なあ、アンジェリカ」

ふいに、トーニが陛下を見た。

「何だ、トーニよ」

「うん、あのさぁ……」

なおも髪を弄《いじ》ったまま、トーニは何故《なぜ》か私を見た。嫌な予感がする。

「カスミ、呼んでもいいかな」

「トーニ！」

陛下の御前であることも忘れ、私は声を荒らげた。

「カスミ、とは。トーニ殿が後見人の……」

「あとは、ほれライル殿の嫁御ですぞ」

「ああ、あの娘ですか」

将校たちが私を見てくるが、それに構っていられる状況ではない。

「トーニ、彼女を巻き込むのはやめてください！」

カスミは平和な世界で生きてきたのだ。こんな血なまぐさい場にいて良いはずがない。

「ライル」

陛下に声をかけられ、沸騰《ふっとう》していた頭が冷静さを取り戻す。陛下に向かって頭を下げた。

「御前で取り乱し、申し訳ありません」

「良い。それより、客人としたカスミ。以前の作戦を立案したのは彼女だったな？」

「……はい」

肯定するのに躊躇《ためら》いを感じる。以前の私ならば、陛下の言葉は絶対だったというのに。

「ふむ、面白い！」

陛下の目が輝いたことに、嫌な予感が倍増する。陛下がこのような顔をなさったときは、ろくなことがないのだ。

そして、わたしの予感は当たってしまった。

「トーニよ、カスミを連れて参れ」

陛下の言葉に思わず叫びそうになったが、なんとか堪《こら》える。

「ああ、わかった」

陛下とトーニの会話を、私はただ黙って聞いていることしかできなかった——

◆◆◆

女王様がわたしを呼んでいる？

調理場に現れたトーニに突然言われ、わたしはたちまち混乱した。

「わ、わた、わたし、何か不敬なことしたかな⁉」

皮むきの途中だったジャガイモを、衝撃で落としてしまう。

「カスミちゃん、落ち着いて！　手を切っちまうよ！」

ミニアさんが慌てて、わたしからナイフを取り上げる。

「そうだぞー、落ち着けよ」

『きゅっ！　カスミ、気をつけるきゅ！』

クピにまで注意されてしまった。

「だっ、だって、トーニ！　呼び出しって！」

「まあ、呼び出しは呼び出しだ。お前にアンジェリカが用があるのは、確かだな」

「そんな！」

わたし何かしたっけ⁉

「まあまあ、カスミ。とりあえず、一緒に来い」

「きょ、拒否権は……？」

「悲しいことにない、かなぁ？」

「えー……！」

助けを求めて調理場を見渡すけど、誰も目を合わせてくれない！　酷《ひど》い！　仲間だと思っていたのに！

「さー、カスミ行くぞー」

「トーニの馬鹿ー！」

ロープを引っ張られ、わたしは引きずられるようにして調理場を後にした。


トーニに連れていかれた先は、初日に訪れた立派なテントだった。

「ね、ねえ。ここ、軍議をする場所なんだよね？」

「今まさに軍議中だな！」

「えー！」

ということは、なかには偉い人ばかりいるんじゃ……？

「さあさあ、カスミ。腹くくれー」

「無茶だよ！」

『きゅっ！　カスミ、頑張るきゅー！』

だけど悲しいかな、トーニの方が力が強い。わたしの抵抗はあっけなく封じられてしまった。

「アンジェリカ、連れて来たぜ！」

「お、お邪魔、します……」

うう、怖いよう。テントのなかには、緊迫感が漂《ただよ》っている気がする。おずおずと、初日と同じくトーニの背中からなかを覗いた。

……やっぱり、迫力ある人がいっぱいだ。

あ！　ライルがいる！

ライルが視界に入り、わたしの心は一瞬で落ち着きを取り戻す。だから、威厳ある女王様のこともちゃんと見ることができた。

「カスミよ、よく来た」

「は、はい！」

でも、声をかけられると緊張しちゃうのはどうしようもない。

「お前を呼んだ理由を、トーニから聞いたであろうか」

理由？

「い、いえ。トーニからは、じょ……陛下からお話があるとだけ」

「トーニ……」

女王様がトーニを呆れたように見る。

あれ？　この様子だと、わたしは不敬罪とかで呼び出されたわけじゃ、ない？

「いやぁ、だって。誰が聞いているかわからない場所で話すことでもないしさぁ」

「うむ、確かにそうか」

女王様は頷くと、視線をわたしに向けた。

「カスミ、この場に呼んだのは、お前の意見を聞きたいからだ」

「わたしの、ですか……？」

見たところ、今は軍議の真っ最中のようだ。そんな場に、わたしが必要だとは思えない。

「ああ、そうだ。トーニ、カスミに説明せよ」

「はいはい」

トーニがわたしに向き直る。

「カスミ、質問です」

「う、うん」

「敵が上陸しました。相手は、数だけは多いです」

「うん」

トーニの話を聞きながら、頭に図を描いていく。

「さて、そこでこのトーニさんの兵団の出番です。トーニさんの兵団は火力だけはありますが、呪文が長すぎて連発は難しいです。どうしたら良いでしょうか？」

えっと、敵はいっぱい。兵団……武器は強力だけど連発はできない。

うん……？

連発できない強力な武器……？　それって、あれと同じだ。日本史で習った……

「信長《のぶなが》の三段撃ち……」

「カスミ、何だって？」

トーニが聞き返してくる。わたしは緊張しながら、トーニに続けた。

「トーニの兵団を三段……三つにわけるの」

「三つだけでいいのか？」

トーニの問いかけに、わたしは頷く。

「魔法の呪文が長いのなら、一番目の人たちに最初に唱《とな》えさせて、それで、その人たちが終わったら、二番目の人たちが次の呪文を。二番目が終われば三番目。そして……」

「そうか！　その間に、また一番目が呪文を唱《とな》えるんだな！」

「そうだよ、トーニ」

わたしが肯定すると、周りの男の人たちがざわめいた。

「確かに、そうすれば絶え間なく魔法を撃てる」

「こぼれた敵は、騎士団が片づければ良い」

「凄《すご》い、凄《すご》いぞ！」

自然と拍手が湧き起こった。それはすべてわたしに向けられている。

な、何だかむず痒《がゆ》いな。

ライルも喜んでくれていると良いと思い彼を見ると、険しい表情を浮かべて考え込んでいるようだった。

……どうしよう、わたし、ダメだったのかな。

「カスミ、ありがとな！」

「う、うん」

ライルのことは気になりつつも、女王様の合図で周りが静まり返ったので、意識がそっちにいく。

「カスミよ、良い策をありがとう」

「は、はい！」

「ライルよ、良い伴侶《はんりょ》を得たな」

「は！」

ライルが頭を下げる。

は、伴侶《はんりょ》って、夫婦のことだよね？

女王様も知ってるんだ、わたしたちのこと。どうしよう、照れる。

「さて、策は決まった。皆の者。カスミが提案したということは内密にするように」

「は！」

ん？　どうして？

「カスミが敵に狙われない為だよ」

わたしの疑問に気づいたらしく、トーニがこっそり教えてくれた。

「そっか」

女王様、わたしの安全を考えてくれたんだ。……うん、良い人だ。

「では、カスミ。仕事に戻るが良い」

「はい！」

わたしは一礼して、テントから出た。


「あー、きんちょうした」

『カスミ、すごかったきゅ！』

「ありがとう、クピ」

クピと話しながら歩く。

「カスミちゃん、大丈夫だった？」

調理場に戻ると、ミニアさんがすっ飛んで来た。

「何もされてないかい？」

「う、うん。ほら、わたしこれでも客人だから。不自由はないかって」

軍議のことは秘密にしなくちゃ、ね。ミニアさんは怪しむように、わたしを見ている。

「うーん？　陛下が自《みずか》らねぇ」

「う、うん。わたしの後見人はトーニだから。あれでも、偉い人だし」

「まあ、そういうこともあるかもしれないね」

ミニアさんは何とか納得してくれたようだ。

「それじゃあ、下拵え《したごしら》頑張りますか！」

「あっ、料理長が味見してくれって言ってたよ」

「あ、そうなんだ。じゃあ、行ってくるね！」

わたしは料理長のもとに急ぐ。ミニアさん、鋭いところがあるから危なかったぁ。

料理長のもとに行くと、皆が料理長を囲み難しい顔をしていた。

「どうしたんですか？」

「あ、カスミちゃん！　料理長が怪我をしちまったんだ」

「夕食の仕込みもまだなんだよ……」

沈んだ顔の皆の視線は、右手にタオルを巻いた料理長に注がれている。タオルに赤い染みができていて、とても痛そうだ。

「皆、すまない……」

料理長、凄《すご》く落ち込んでいる。何とかしてあげたいけど……。調理場の皆には、凄《すご》くお世話になってるし。そう考えていると、頭の上でクピがぴくんと跳ねた。

「お、おお……！」

クピの様子を見ようとしたけど、周りから驚愕に満ちた声が上がり、そっちに意識が飛んだ。

「え!?」

料理長の右手が光っている。綺麗な銀色に！

「うん？　おおっ！」

料理長がタオルを取った。その手には、傷などどこにも見当たらない。

「き、奇跡だ！　神の御業《みわざ》だ！」

不思議な出来事に、皆が歓喜の声を上げる。

現代日本では、こんなことありえない。さすが、異世界。ここの神様は、こんな奇跡も起こせちゃうんだ……

後から聞いたところによると、このとき、他にも怪我をして静養していた兵士や騎士の傷が治ったらしい。奇跡って、凄《すご》い！

だけど、クピはしばらくぐったりしていて、わたしはクピの介抱で大忙しだった。

クピ、どうしたんだろ？


その夜、わたしたち非戦闘員に、避難命令が出た。

クピと一緒に準備をする。といっても、身一つで来たわたしには、荷物と呼べるものはない。ただ、ライルから贈られたブローチは胸ポケットに入れていたけれど。

「……戦争か」

平和な時代に生まれたわたしには、遠い世界だ。日本にいるころは、そう思っていた。だけど、世界を越え、今戦場の近くに立っている。戦争に役立つ知識を、この世界に伝えたりもした。もう無関係ではないんだ。

「……ライル」

彼は明日、戦場に立つ。そして、戦う。

わたしはそこについていけない。なぜなら、わたしは、戦う術《すべ》をもたないから。

「怖い……」

ライルが大切だ。とても、大事だ。そんな相手が戦場に行く。

ライルが怪我をしたり、傷つき倒れてしまったら、どうしよう。ライルがいなくなってしまったら……

「クピ、ライルは大丈夫なの？」

『きゅー……、今は色んな人間の感情が伝わってきて、ぐちゃぐちゃきゅ』

わたしの手のひらに乗ったクピは、しおしおと萎《しお》れている。

『でも、そのときが来ればわかるきゅ！』

「そんな……」

それまで、待つしかないの……？

明日から、ライルは戦場に立つ。そこで危ない状況になる可能性は高い。それなのに、ライルを助けるのに必要なはずのわたしは、避難しなくてはならない。ライルとは離ればなれだ。

「どうしたら……っ」

共にいられない自分自身の無力さが、嫌になる。

わたしは、ライルを助ける為に来たのに！

ぐっと拳《こぶし》を握りしめる。

そんなときだった。

「カスミ……？」

ライルの声がテントの外からしたのは。

「ライル？」

呼びかければ、テントの入り口が少し揺れた。

「ああ、良かった。間に合ったようですね。入ってもよろしいですか？」

「う、うん。良いよ」

入り口に走り寄り、布を開く。すると、甲冑《かっちゅう》を身に着けたライルが立っていた。甲冑《かっちゅう》姿、初めて見た……

「失礼します」

テントのなかに入ってきたライルは、灯《あか》りの加減なのか、いつもと様子が違う気がした。

「避難の前にすみません。どうしても一目会いたくて……」

「ううん、わたしも会いたかったから」

「カスミ……」

どちらからともなく、抱きしめ合う。

「へへ、甲冑《かっちゅう》冷たいね」

「カスミはこれに触れたことはないんでしたね」

「ライル、戦場に行くんだね……」

「はい」

わたしもライルも、声が硬い。

視界の隅《すみ》で、クピが外に飛んで行くのが見えた。気を利かせてくれたみたい。わたしたちが考えるより、クピには色々なことがわかっているようだ。さすが、謎の魔法動物。でもってありがとう、クピ。

「だい、じょうぶ、だよね……？」

「カスミ……」

わたしはライルを見上げた。体が震える。

「ちゃんと、帰ってくるよね？　怪我なんか、しないよね？」

ライルを失うなんて、耐えられない。

大事で、大好きで、一生を共にしたい相手だから。彼を想って、わたしは世界を渡ったんだから。

「ライル、好きだよ。大好き。だから、絶対帰って来て……っ」

ライルはわたしの頬に手を添えた。

「カスミ、私は陛下の剣です」

「……うん」

トーニからも聞いている。近衛騎士《このえ》のなかでも、女王様に一番頼りにされているって。

それはつまり、一番危険な場所に行くということを意味するのではないだろうか。

「ですが、私は欲張りなんです。剣でありながら、貴女の盾になりたいと思う」

「わたしの……？」

ライルは微笑んだ。わたしの大好きな、綺麗な微笑みだ。

「盾は、壊れてはいけないんです。大切な人を守る為に。だから、私は壊れたりしない。貴女を守る為に、ずっとそばにいると決めたんですから」

ぽたりと、わたしの目から涙がこぼれる。

ライルは帰ってきてくれる。そう信じたいのに、涙が止まらない。

「また泣かせてしまいましたね」

「ライルのせいだよ。嬉しいこと言うから」

不安を隠し、冗談めかして言ったけど、その声は涙で湿っていた。ライルが穏やかに笑う。

「では、責任を取らないといけませんね」

わたしから体を離すと、ライルはわたしの右手を取った。そして、中指にはめた指輪に口づける。

「この指輪に誓って、愛する貴女を守ります」

「ライル……」

ライルはわたしを見つめた。促《うなが》された気がして目を閉じると、唇に温かいものが触れた。

目を開けると、ライルがまたわたしを抱きしめた。冷たい甲冑《かっちゅう》の感触。ここにわたしの熱が移ればいいのに。

「……名残惜しいですが、もう時間です」

「うん……」

二人の時間は終わりだ。

ここから、それぞれの時間が始まる。

わたしは、背を向けたライルを見て葛藤《かっとう》した。

わたしはまだ、この世界に来る決断をしたわけを、ライルに言っていない。だからライルは、自分に危機が迫っていることを知らないままでいる。来た経緯を話すべきか。話してしまった場合、ライルは動揺しないだろうか。それが結果的に、ライルを危険に晒《さら》すことにはならないだろうか――

考えて、考えて、決めた。

「ライル！」

ライルの背中に抱きつく。

「カスミ……？」

戸惑うライルの声。わたしは、強く彼を抱きしめる。

「どうしたんですか？　私は、もう行かなくては……」

「ライルに、危険が迫っているの！」

ライルの言葉を遮《さえぎ》って叫んだ。ぴくりとライルの体が揺れるのを感じたけれど、構わず続ける。

「クピがわたしに教えてくれたの。ライルが危ないって。だから、わたしはこの世界に来たんだよ！」

「クピ、が……」

「クピは、ライルを助けるにはわたしが必要だって言ってた！　だから、お願い。わたしも連れて行って！」

戦場は怖い。でも、それ以上にライルがいなくなってしまうことの方が恐ろしい。

「トーニが言ってた。わたしには、魔獣使いの才能があるって。だから、だから、足手まといにはならないから……！」

魔獣使いが、どうやって戦うのかは知らない。わたしに何ができるかも、わからない。だけど、わたしは必死だった。

手に、温かさを感じる。ライルの手が触れたのだ。

「カスミ、貴女を連れて行くことは、できません」

けれど、その手の温かさとは反対に、ライルの口から出たのは拒否の言葉だった。

「どうして！」

ライルは振り向かない。

「ライルが危険なんだよ！　お願いだから！」

「できません」

「ライル！」

叫んだ瞬間、わたしは振り返ったライルの腕のなかにいた。見上げれば、ライルの悲しそうな表情が目に入る。

「カスミ、私を信じてください。貴女の盾は壊れたりしないと。私もまた、貴女を守りたいのです」

ライルの目を見て、わたしは悟った。彼は自身の危険よりも、わたしの安全を選んだのだと。

わたしでは到底敵《かな》わない、強い覚悟をもっているのだ。また、涙が頬を伝う。

知っていたはずだった。ライルは、真っ直ぐな人なんだと。真っ直ぐに、わたしを好きでいてくれている。

ライルが優しく、わたしの涙を指で拭《ぬぐ》う。

「カスミ。私たちは指輪で繋《つな》がっています。神の祝福を信じましょう」

「うん……」

頷いたけれど、心はまだ納得していない。

でも、ライルの力強い眼差しに、両手を握りしめて頷くことしかできない。

「ライル、気をつけて」

「貴女も」

そうして、ライルは出ていった。入れ替わるように、クピが入ってくる。

『きゅ？　カスミ、泣いてるきゅ？』

慰《なぐさ》めるように頬擦りをしてくる。わたしは、クピをそっと手のひらに移した。

「クピ、お願いがあるの」

『きゅ？』

つぶらな目を、ぱちぱちと瞬《またた》かせるクピ。今日は萎《しお》れているクピを撫でた。

「ライルに危機が迫ったら、すぐに教えてほしいの」

『わかったきゅ！　任せるきゅ！』

クピの返事に、わたしは頷く。

ライル。もし貴方が大変な目に遭ったら、そこが戦場でも必ず行くから。

わたしも、貴方を守りたいんだよ。

強い決意を胸に、わたしはクピを頭に乗せ、テントを後にした。


避難場所の小屋には、見慣れた調理場の皆がいた。ただ、ミニアさんはいなかった。他にも見当たらない人がいるから、まだ避難場所に来ていないのだろう。きょろきょろと、空いているスペースを探す。

「カスミちゃん、これ毛布！」

うろうろしていたわたしに、料理長が毛布を渡してくれた。

「ありがとうございます！」

毛布を手に、空いている場所に腰を下ろす。周りの皆は、一様に不安がっているようだ。すぐ近くが戦場になるんだから、不安になるのも仕方ない。

毛布にくるまり、右手を見る。銀色に光る指輪。わたしとライルを繋《つな》ぐ、絆《きずな》だ。

「……大丈夫」

呟き、わたしは頭の上からクピを降ろした。

「クピ、毛布のなかに入って」

『わかったきゅ！』

クピはもぞもぞと毛布のなかに潜り込む。クピの毛は萎《しお》れたままだ。クピの毛は天気や周りの人の感情など、色々な条件で変化する。きっと今は、皆の不安を感じているからだろう。

「……おやすみ、クピ」

『きゅー……』

不安を押し込めて、わたしは目を閉じた。


翌朝。何かの音で目が覚めた。

きょろきょろと周りを見れば、他にも何人かの人が起きていた。

どうしたんだろう。皆、顔を強《こわ》ばらせている。

また大きな音がした。

「ああ、始まった……っ」

鍛冶師《かじし》の男の人が頭を抱える。

始まった？

「騎士様や魔術師様は、ご無事だろうか？」

他の人の声で、急速に頭が冴えていく。そうだ。ここは、避難場所だったんだ。そして、わたしが過ごしていたテントの辺りは、今頃戦場に……

さっきから聞こえる音は、魔法か何かによる戦いのものだったんだ。

「ライルっ」

祈るように手を握る。どうか、ライルが無事でありますように。

強く祈っていると、ふと頭上から影が差した。

「ああ、カスミちゃん。起きたのかい」

目の前に、パンの入った籠《かご》を手にした料理長がいた。

「あ、はい。おはようございます」

体を起こし、料理長の顔を見る。

「ああ、おはよう。ほら、朝食のパンだ。食べると良い。クピには、ライの実をあげようね」

「ありがとう、ございます」

正直、ライルのことを想うと食欲はわかない。けれど、食べられるときに食べておかなければと、パンを受け取った。

料理長は、他の人にもパンを配りに歩き去る。

もらったパンは昨夜に焼いたのか、焼きたてに比べると固いけれど、料理長の心がこもっているように感じた。美味《おい》しいパンだ。

「ほら、クピ。ライの実だって」

ライの実は、葡萄《ぶどう》みたいな形をした赤い実だ。

『きゅー……』

まだ眠いのか、クピは目を瞬《またた》かせながら、むにゃむにゃとライの実を食べ始める。

クピを撫でながら、わたしはパンを咀嚼《そしゃく》した。

昼近くになっても、音は止まない。あの音は、トーニの兵団のものだろうか。

絶えず聞こえるのは、敵に反撃を許していないからだろうか。――そうであってほしい。

クピは、まだ何も言ってこない。ただ、わたしの頭の上でじっとしている。

大丈夫、ライルは無事だ。そう自分に強く言い聞かせる。

「顔、洗ってこよう……」

思考は暗くなるばかりで、冷たい水で頭を冷やしたかった。確か水場は、小屋の裏手にあったはずだ。そこに向かい、瓶《かめ》から水をすくう。パシャと顔にかかる感触が気持ち良い。

ハンカチを取り出し、顔を拭いた。このハンカチはトーニからもらったものだ。日本から何ももってこなかったわたしにと、くれたのだった。日本のものに比べるとごわごわするけど、ないよりはマシというやつだ。

「はあ……」

息をはき、そよぐ風に身を任せる。少し楽になった気がする。

さあ、小屋に帰るかと思ったときだった。

『きゅ！』

わたしの周りを飛んでいたクピの体が、びくんと痙攣《けいれん》した。

『きゅ！　きゅ！』

びくん、びくんとクピの痙攣《けいれん》は止まらない。わたしは慌ててクピの体を捕まえた。

「クピ！　クピ！　どうしたの！」

クピの体をさする。どうしよう、こんなクピ見たことないよ！

おろおろしているうちに、クピの痙攣《けいれん》は止まった。

「ク、クピ……？　大丈夫なの？」

わたしの手のひらの上で、目を瞬《またた》かせるクピに恐る恐る聞いてみる。その途端、クピは興奮したように体を膨《ふく》らませた。

『カスミ、大変きゅ！　ご主人がもうすぐ危なくなるきゅ！』

「え！」

告げられた内容に、体が固まる。恐れていた瞬間が来てしまったのだ！

「はっ、早くライルのもとに、行かなくちゃ！」

ライルを失うかもしれない恐怖に足が震える。でも、そんなんじゃダメだ。しっかりしなくちゃ！　ライルを、助けるんだ！

再びクピを頭に乗せ、走り出そうとしたとき――

「カスミちゃん、カスミちゃん」

聞き覚えのある声が耳に届いた。逸《はや》る心を抑えて声の主を探せば、一本の木の陰にミニアさんを見つけた。ミニアさんは昨日、避難場所には姿を見せなかった。

「ミニアさん、今までどこにいたの！」

「しー、静かに」

「え？」

手招きするミニアさんに近づくと、彼女は木の陰から出てきた。

「ここはあたしの地元だからね。安全な場所から戦場を見ていたのさ」

「あ、危ないよ⁉」

「だから静かに！」

「は、はい」

強い口調に、思わず口を閉じる。

「だって悔しいじゃないか。地元をトーラスなんかに踏みにじられるなんて。大切な場所がどうなるのか気になってたまらないしね。だからこっそり見ていたんだよ」

「そ、そうだったんだ」

だけど、やっぱりミニアさんのしたことは危険だと思う。

「ねえ、ミニアさん。今から避難場所に……」

「それより、大変なんだよ！」

「え……？」

ミニアさんはずいっと身を乗り出した。その顔は真剣そのものだ。

「あたし、見ちまったのさ。ライル様が、敵の剣にかかるところを！」

「ライルが！」

そんな、クピの警告は間に合わなかったの⁉

脳裏《のうり》に、昨夜のライルの姿が浮かぶ。帰ってくるって、言ったのに……

ミニアさんは呆然とするわたしの手を取った。その必死な様子に、再びじわじわと恐怖がせり上がってくる。ライルを失うという恐怖が、現実味を帯びて。

「しっかりおし！　カスミちゃんはライル様の伴侶《はんりょ》だろ！」

「う、うん」

「なら大丈夫さ。余所《よそ》から来たカスミちゃんは知らないようだけど、その指輪は二つ揃えば神様が奇跡を起こしてくれるんだよ」

「本当に？」

もしかして、わたしがライルを救えるっていうのは、指輪が揃うことで起きる奇跡、とか？

「ああ！　あたしは抜け道を知っている。なんたってここはあたしの地元だからね。ついておいで」

右手の指輪を見る。この指輪が、ライルを救ってくれるのだ。

「行かなきゃ！」

「ああっ、急ぐよ！」

「クピ、掴まっていてね！」

『わかったきゅ！』

ミニアさんに導かれるようにして、わたしは走り出した。

待ってて、ライル！

ミニアさんが進んだ先は、岩肌の目立つ山道だった。

入り組んだ道をすいすいと走る様《さま》は慣れている。さすが、地元民。

だけど、気になることがある。

さっきから、胸ポケットが温かいのだ。そこにはブローチがある。わたしを守ってくれるブローチが。もしかしたら、この先に何か危険があるのかもしれない。

ミニアさんに教えないと！

「あの……」

「それにしても、カスミちゃん凄《すご》いね」

声をかけたタイミングで、ミニアさんからもちょうど話しかけられた。つい、返事をしてしまう。

「わたしは凄《すご》くないよ」

「いーや、凄《すご》いね。あのライル様の伴侶《はんりょ》に選ばれたし、何よりさ。あたしらの国を勝利に導いてくれるんだから」

「え……？」

ミニアさんの言葉に引っかかりを覚える。

勝利に導く……？

「カスミちゃんの策、凄《すご》いよ。あんなにたくさんいたトーラスの魔術師が蹴散らされてさ」

ぱしんっ。

わたしは差し出されたミニアさんの手を振り払った。

「カスミちゃん？」

「なんで、知ってるの？」

声が震える。不思議そうにわたしを見るミニアさんが怖い。

「何を言ってんだい、カスミちゃん」

本当にわからないという顔をしている。それが余計に怖さを引き立たせる。

「わたしが提案者だって。女王様が、皆に秘密にしてくれたのに。ミニアさんは、なんで知ってるの？」

そう言った瞬間、体が勝手に動いた。飛び退《の》いて、ミニアさんから距離を取る。

わたしがさっきまでいた場所には、ナイフを振りかざしたミニアさんの姿があった。

「へえ、頭だけが取り柄《とりえ》の小娘かと思ったら、ちょっとは動けるんだ」

「ミニア、さん……」

彼女は今、わたしを殺そうとした。それで、ブローチがわたしを助けてくれたんだ。わたしの体を操って。

「な、んで……？」

「なんでって、あたしがトーラスの人間だからさ」

ミニアさんはナイフを弄《もてあそ》びながら、こともなげに言った。

「だって、地元って……」

「そんなの嘘に決まってるだろ。お馬鹿だねぇ」

「そんな！」

無意識に、一歩下がる。ミニアさんは、にやにやと笑ってわたしを見ていた。

「あたしはね、トーラスの間者なのさ。ときには男を誑《たら》し込んででも情報を得て、本国に流す。あ、あんたのことは、将校の一人から聞いたよぉ」

「だ、だって、女王様が……」

「内密に、だろ？　あの女王も馬鹿だよ。男は閨《ねや》では口が軽くなるって言うのにさ。やっぱりまだまだ若い小娘だね」

「そんな……」

心底馬鹿にしたようにしゃべるミニアさんは、わたしの知る彼女とは別人に見えた。

「カスミちゃん。あんたも、馬鹿。あの美形の騎士様が倒されるはずないだろ。神速《しんそく》の騎士様がさぁ」

「ライルは、無事なの？」

ミニアさんはニヤリと、嫌な笑い方をした。

「自分より旦那の心配かい？　幼い顔して、あんたも女だねぇ」

「なっ……！」

ライルへの想いを馬鹿にされた気がして、顔に熱が集まる。

「あー、あー。顔を真っ赤にしちゃってさ。騎士様なら無事だよ。まあ、無事じゃなくなるのは、あんたなんだけどね」

ミニアさんの声が冷えていく。ニヤニヤとした笑いも、なりをひそめた。

「本国からは、あんたを連れてくるか、それができないなら殺せって言われてるんだよね」

「そんな！」

「恨むなら、有能な自分の頭を恨みな！」

ミニアさんがまた、わたし目がけて飛びかかってくる。

それを避ける為に、また勝手に体が動いた。ブローチが、わたしを守ってくれているんだ。

「ふん、ちょこまかと……！」

「諦めて、ミニアさん！」

ブローチがある限り、わたしは守られるはず。ミニアさんのナイフは意味がないのだ。

だけど、ミニアさんに焦りは見えない。

「俊敏なのは、認めようかね。だけど、これならどうだい？」

その途端、ミニアさんのナイフが刃先から黒く染まっていった。ぞくりと、肌が粟立つ。

「これはもう、ただのナイフじゃない。どんなに避けても、この漆黒からは逃げられないよ！」

ミニアさんの手から、ナイフが浮く。そしてふわりと浮遊した後、ピタリと刃先をわたしに向けた。このナイフは、今までと違う！　ダメだ、触れたら、絶対ダメだ。何かはわからないけれど、わたしの全身が、あのナイフは危険だと告げてくる。

「さあ、さんざんこけにしてくれたんだ。死にな！」

「やだっ！」

けれどさっきまでとは違って、どうしてだか体が動かない。ナイフが飛んでくる！

恐怖のあまり、思わず目を閉じる。

『危ないきゅ！』

クピの声がした。そして、温かい何かに体を包まれる。

恐る恐る目を開けると、わたしは大きな毛玉に包まれていた。

えっ、何これ⁉

黒いナイフは、毛玉の前で止まっている。黒い靄《もや》は、すべて弾かれていた。

『カスミ、大丈夫きゅ？』

大きな毛玉から、クピの声がする。え、クピなの⁉

「助けて、くれたの？」

『当たり前きゅ！　カスミは大事な友達きゅ！』

「クピ、ありがとう！」

『カスミ、油断しちゃダメきゅ！』

クピに言われて、ハッとする。そうだ、まだミニアさんとの戦いは終わっていない。

クピに包まれたなかから、ミニアさんを見る。彼女は、手元に戻した黒いナイフをくるくると回していた。

「あんた、魔獣使いだったんだね。それも、聖属性ときた」

そうか、わたしの魔獣使いの力で、クピが大きくなったのか。聖属性が何かはわからないけれど、クピが守ってくれたことは確かだから、きっと良いものなんだろう。

『カスミ、気をつけてきゅ』

「何かわかるの？」

『あの黒いの、弱い力だからクピでも止められたきゅ。でもあれ以上になると……』

「きゅーきゅーと、うるさい魔獣だねぇ」

ミニアさんの声で、クピが何を言ったのか最後の方が聞こえなかった。

「だけど、聖属性か。むしろ好都合だよ」

そう言うと、ミニアさんはナイフを離した。黒いナイフが地面に刺さる。

「まあ、いいさ。小手先の武器は、元からあたしの性分じゃあない」

「な、何？」

ミニアさんが右手を握りしめる。すると、ミニアさんの右手から、先ほどナイフを取り巻いていた黒い靄《もや》が、うねうねと出てきた。

「あたしは、呪術飼《じゅじゅつか》い。体内に無数の呪いを飼い慣らす女。武器が通用しないなら、呪いはどうだろうねぇ？」

「ひっ……！」

靄《もや》のあまりのおぞましさに、体が震える。あれは、絶対にダメだ。さっきのナイフとは比べ物にならないと、本能が叫んでいる。

「さあて、楽しい時間が始まるよ」

ミニアさんがわたしに近づいてくる。ブローチは今度も反応しない。体も動かない。

もしかして、呪いにはお守りの力は発動しないの？

「クピ、逃げなきゃ！」

だけど、体は動かない。心が怖い怖いと訴えてくるのみだ。クピの体の陰で、わたしは震えるしかない。

『カスミ、クピが食い止めるから、逃げて！』

「そんな、そんなことできないよ！」

クピに密着しているからわかる。クピの体が震えているのが。

ミニアさんのこの呪いは、きっとクピにも対処できないものなのだ。

「おや、逃げないのかい？　面白くないねぇ」

そう言いながらも、ミニアさんの顔には愉悦《ゆえつ》の笑みが浮かんでいる。

「こっちにとっても聖属性は厄介だけど、幸いその魔獣は成獣になりたてみたいだね。その程度じゃ、あたしの敵じゃないさ」

余裕の笑みを見せるミニアさん。

……怖い。怖いよ。

わたし、ここで殺されちゃうの？　嫌だ、そんなの！

だって、まだ何もできていない。ライルの役にも立てていない！

わたしは、ライルを救う為にこの世界に来たのに！

「はい残念。ここでお終《しま》い」

ミニアさんの禍々《まがまが》しい気配が、すぐそこまで迫っている。きつく目を閉じる。まぶたにはライルの笑顔が浮かんでいた。

「さあ、呪いのなかで苦しみな」

ミニアさんの近づく気配。もうダメだ……！

「カスミ！」

そのとき、聞きたくてたまらなかった声が耳に入った。そして、ジュッと何かが焦げる音も。

「お前は……！　どうして!?」

ミニアさんの動揺する声に目を開けると、目の前に苦しげに眉を寄せるライルの姿があった。

「カスミ、離れていてください！」

そう言うと、ライルは目にも見えない素早い動きで剣を抜き、ミニアさんの右手に叩き込んだ。

「ぐ……っ」

「トーニ！　拘束を！」

ライルが振り向いた先には、すでに呪文の詠唱《えいしょう》を終えたトーニがいた。

「――神の茨《いばら》！」

光る茨《いばら》が地面から生えて、ミニアさんを拘束する。

「くそっ！　神聖魔術か！」

「おう、呪術飼《じゅじゅつか》いには天敵の魔法よ」

光の茨《いばら》は、もがけばもがくほどミニアさんを縛りつける。

「ぐっ！　……ふふ」

苦しみながら、何故《なぜ》かミニアさんが笑った。

「お前、何を笑っている」

「なに、滑稽《こっけい》でね。あたしの呪術はもう完成しているのにさ」

「なに……？」

その瞬間、ライルの体がゆらりと揺れた。

「ライル⁉」

ライルの白い甲冑《かっちゅう》の背中は、真っ黒く焦げていた。トーニが目を見開く。

「ライル、まさか呪いをその身に受けたのかっ⁉」

かしゃんっ。ライルが地面に倒れ込む。

「ライル！」

クピの陰から走り出て駆け寄ると、ライルは苦悶《くもん》の表情を浮かべていた。汗が滝のように流れている。

「あっはっは！」

「てめぇ、解呪方法を言え！」

トーニが詰め寄っても、ミニアさんの哄笑《こうしょう》は続く。そして、ぴたりと笑うのをやめるとニヤリと口角を上げた。

「嫌だね」

そう言った瞬間、黒い靄《もや》がミニアさんの全身を覆《おお》った。光の茨《いばら》が引きちぎられる。

黒い靄《もや》は、だんだん小さくなっていき、そして消え去った。靄《もや》のあった場所に、ミニアさんの姿はない。

「逃げた、の？」

トーニは悔しそうに首を横に振った。

「違う。自分自身を呪いに喰わせて、死んだんだ」

「そんな……！　でも、それじゃあ……ライルはどうなるの？」

ライルは今も苦しげに、荒い呼吸を繰り返している。トーニは乱暴に地面を蹴った。

「解呪方法がわからねーと、どうにもならない！」

どうにもならない？　じゃあ、ライルは……

「ね、ねえ、トーニ！　しんせい？　魔法が使えるんでしょう？　それならライルを……」

呪いの天敵だって、言ってた！　すがる思いでトーニを見たけど、彼は悔しそうに唇を噛《か》んでいる。

「すまねぇ、自分の命を引き換えにした呪いは、さすがの俺でも対処が難しい。解呪方法がわかっていれば、まだ何とかなるんだが……」

絞り出された言葉に、わたしの体は震えた。

「ク、クピ、クピには何かできること、ないの？」

『……ごめんなさいきゅ。クピの力じゃ、こんな強い呪い解けない……』

「そんな……。じゃ、じゃあライルは……」

ぎりっと、トーニが拳《こぶし》を握りしめたのが見えた。

「すまない」

「うそ……」

わたしはライルを見た。ライルの顔はどんどん青白くなっている。その様はまるで、命がこぼれ落ちているよう。

わたしは指輪を見た。ミニアさんが、二つが揃えば奇跡が起きると言っていたけど、何の反応もない。やっぱりあれは、わたしをおびきよせる為の嘘だったんだ。

「嫌だ、嫌だ、嫌だ！」

「カスミ……」

「ライルが死んじゃうなんて、嫌だ！　ねえっ、神様！　いるならライルを助けて！　お願いだよお……っ」

涙が溢《あふ》れて止まらない。ライルがいなくなるなんて、嫌だ。

なんで！　なんで、わたしは無力なの？　ライルの危機を救うだなんて言っておいて、何もできていない！　誰かに助けを求めるばかりだ。

「ライル、わたしの盾なんでしょう？　盾は、壊れないって言ったじゃない……っ」

ぽたり、ぽたり。涙がライルの甲冑《かっちゅう》に落ちていく。

「ライル、わたしもライルを守りたいんだよ……。お願い、ライル！　愛してるんだよ！」

そう叫んだとき、わたしの胸から眩《まばゆ》い光が放たれた。

「えっ、え……っ！」

胸が熱い。胸ポケットにあるブローチが、激しい光と熱を発している。

今まで何度か温かくなりはしたけど、こんなに熱くなるのは初めてだ。

「……これは、最上級の神聖魔術の光だ」

トーニが呆然と呟く。

わたしは胸ポケットからブローチを取り出した。ブローチは辺りの岩肌を照らすほどの光を放っている。そして、その光はライルへと降り注ぐ。

光のすべてがライルのなかに入ると、ブローチの石は、乳白色から黒色に変わっていた。

ブローチの光が消えたところで、今度はクピがかん高い声で鳴いた。大きくなっているクピから放たれる、とても大きな声。

そして――

『きゅー！』

『きゅぴー！』

空から大量の――毛玉が！

赤、青、黄色。目がチカチカしそうなほどカラフルな毛玉が、どんどん降ってくる。

「お、お前ら！」

「トーニ、この子たち知ってるの？」

「知ってるも何も、俺の研究所の魔法動物だよ！」

「え？」

体は大きいのに、相変わらずつぶらなクピの目が、わたしに向けられる。

『カスミ！　クピだけじゃ、力が足りないけど。皆で力を合わせてご主人を助けるきゅ！　カスミが望んだから、皆は来てくれたきゅ！』

クピが説明してくれている間にも、魔法動物たちが増えていく。そして皆は、ライルを取り囲んだ。ライルの体が光を帯びる。それはとても優しい光だ。

『きゅー！　ご主人の友達を助けるのー！』

『ライルさん、優しいから好きー！』

『呪いに負けないでー！』

『魔獣使いさんがいれば、ルピナたち無敵なのよー！』

皆の言葉に、思わず息を呑む。この子たちは、ライルを助けようとしてくれているのだ。そして、その力の源は、わたしなのだ。わたしが、ライルを助けるんだ！

「お願い！　力を貸して！」

心の底から叫ぶ。

『きゅー！　頑張るきゅー！』

皆が私の声に応《こた》えてくれる。体が熱い。力が溢《あふ》れてくる！

そして――

ライルの光は次第に消えていった。魔法動物たちが、ちょっと疲れた様子でライルを見ている。

「ど、どうなったの……？」

「俺にも詳しいことは……。ただ、一つわかることはある」

トーニがそう言ったとき、右手に温もりを感じた。

「カスミ、ライルは無事だ」

のろのろとライルを見れば、透き通った碧眼《へきがん》と目が合った。あんなに青白かった顔に、血の気が戻っている。

「……また、泣かせてしまいましたね」

困ったように笑うライルに、先ほどまでの苦しんでいた気配はもうない。

「ライル！」

上半身を起こしたライルに、思いっきり抱きついた。ライルの手が、わたしの頭を撫でる。

『ご主人ー！』

元の大きさに戻ったクピが、ライルの顔に張りつく。

「ク、クピ、苦しいです。あと、何でこんなに毛玉だらけなんですか！」

ライルはクピを剥《は》がそうと必死だけど、クピは離れない。クピも、安心したんだね。

「クピはライルが無事で喜んでいるんだよ。そしてね、皆がライルを助けてくれたんだ！」

「そ、そうなんですか。でも、息が……」

「良いぞー！　クピ、もっとやっちまえ！」

「トーニ！」

ライルの焦り声が響き、わたしは思わず笑ってしまった。

トーニも笑う。いつの間にかクピを剥《は》がしたライルの口元にも、笑みがあった。


戦争は、ライルの国の勝利で幕を閉じた。

戦勝にわく本拠のテントで、ライルはベッドに横になっている。

呪いは解呪されたけど、体力をごっそりもっていかれたので、休んでもらっているのだ。

「はあっ!?　カスミの贈りものに、溜《た》め込んだ給料のほとんどを使ったのか!?」

「ええ、私には必要のない金ですから」

「いや、ある！　金は色々使い道があるっ！」

「ですが、ブローチに神聖魔術を込めてもらったので、私は助かったのですよ」

「あと、俺のルピナたちのおかげでもあるからなー。そしてもちろん、カスミの魔獣使いの力のな」

言い合うライルとトーニの横で、わたしは無心に林檎《りんご》の皮を剥《む》いていた。皮は、しゃりしゃりとクピが食べている。他の魔法動物たちは、トーニのテントにいる。トーニに甘えたくて、残ったみたい。

……それにしてもさ。ライル、あのブローチ高くないって言ってたじゃん！

いやいや、無心に無心に。

「……で、発動条件は？」

「……」

「神聖魔術を物に込めた場合に必要になる、発動条件は？」

「……です」

「えー？　きーこーえーなーいー」

トーニは小さな子どもみたいに、ライルに絡んでいる。

「ですからっ！　『カスミの愛する者が危機に瀕《ひん》したとき』が、発動条件です」

さくっ。

おっと、林檎《りんご》を切り落としてしまった。無心、無心だよ。

「おーおー、お熱いねえ」

「……だから、言いたくなかったんですよ」

そうかー。ミニアさんの呪いにブローチが反応しなかったのは、神聖魔術の発動条件を満たしていなかったからかー。

さくっ。

おっと、またもや……無心無心。

「神聖魔術を必要としない程度の事柄には、ブローチが対応してくれるようにしてました」

「愛だねぇ」

林檎《りんご》を切り分けて、お皿に盛った。形が歪《いびつ》なのは、無心になりきれなかった故《ゆえ》か。

「はい、林檎《りんご》どうぞ」

「おー、ありがとさん」

「ありがとうございます、カスミ」

三人でしゃくしゃくと林檎《りんご》を食べる。

ブローチの謎は解けたので、今度はわたしが知りたかったことを尋ねてみる。

「ねえ、わたしがミニアさんに襲われたとき、どうやって助けに来られたの？」

わたしたちは山のなかにいて、その場所は誰にも知られていなかったはず。片や、ライルたちは、戦場だ。

「忘れたのか、カスミ」

「何を？」

トーニに向かって首を傾げる。

「俺、転移魔法使えるじゃん」

「あ！」

そうだった、そうだった。わたし、トーニの転移魔法でここに来たんだった。

「俺、戦場で弟子たちに指示してたんだけどさ。カスミの策のおかげで、正直暇だったんだよね」

「暇って……」

不謹慎《ふきんしん》じゃないかね。

「そしたらさ、ライルのやつが血相変えてやって来たわけよ。カスミが危ないってさ」

「え？」

わたしはライルを見た。ライルは顔を赤くしている。

「ライルには、わたしの危険がわかるの？」

ライルが左手を見せた。中指には、指輪が光っている。

「カスミには言ってませんでしたが、この指輪は神の祝福。相手の危機を知らせる力があるのです」

「そ、そうなの!?」

わたしは右手の指輪を見た。当たり前だけど、何の変化もない。

「それで私はトーニを探し出して、貴女のもとへ向かったのです。無事で良かった」

「ライル……」

二人で見つめ合っていると、咳払いが聞こえた。

「あー、俺そろそろ行こうかなー。アンジェリカに間者がいた報告もしなくちゃ。ついでに、ライルが間者を倒しましたーって伝えとこー」

そうか。ライルは勝手に戦場を離れたことになるんだ。戦場を、というより、女王様のそばを……。それで、トーニは間者への対処の為に離脱したことにしようと……

「トーニ、ありがとうございます」

「んー、なんのなんの。じゃあ、お二人さん、ごゆっくりー」

そう言うと、トーニはクピを掴んだ。

『トーニ、何するきゅ！』

クピは暴れたけど、トーニに両手で押さえ込まれて動かなくなった。クピ、だ、大丈夫？

「お邪魔虫は、退散ー」

大人しくなったクピを連れて、トーニはひらひらと手を振り出て行った。どこか、大人しくなるポイントとかあるのかな？　ここをつかめば静かになります、的な。今度トーニに聞いてみよう。

「気を遣わせちゃったね」

「ええ。トーニには感謝しても、したりないです」

二人で笑い合う。そして、わたしはライルのベッドに腰かけた。

「……ライル。帰ってきてくれて、ありがとう」

後ろからライルが抱きしめてくれる。

戦争が終わった今、甲冑《かっちゅう》の冷たさはない。ライルの体温だけを、感じることができる。

「私は貴女の盾ですから。と言っても、結局は貴女に助けられましたけど」

「元はライルの贈りものだよ？」

「なら、二人で助け合ったということで」

「うん」

くすくすとお互いに笑う。

戦争は終わった。

危険な目には遭ったけど、ライルは帰ってきてくれた。わたしは今、ようやく落ちついて、幸せを感じている。

「カスミ、王都に戻ったら家を買いましょう」

「家？」

「ええ、私は伯爵家の者ですから、二人きりの家とはいきませんが」

「ライル、伯爵家の人だったんだ」

まあ、見るからに貴族って感じだもんね。驚きはしないよ、うん。

「伯爵家と言っても、気楽な三男ですから。あまり気負わないでくださいね？」

「うん、大丈夫」

ライルと一緒なら頑張れるよ。

「でも、ライルお金ないんじゃないの？」

ブローチに結構な額をつぎ込んだとか、さっき聞いたけど。ライルの腕がピクリと揺れる。

「う……、それはまあ。父の仕事を手伝ったときのお金がありますし……、足りない分は」

「足りない分は？」

「……トーニから借ります」

わたしは笑ってしまった。トーニもきっと大笑いするだろうな。

「笑うなんて酷《ひど》い奥さんですね」

「笑わせるなんて、愉快な旦那様ですね」

言い合って、また笑う。

幸せだ。

わたし、今、本当に幸せだ。ライルのそばに来て、世界を渡って来て、本当に良かった！

「ライル、大好き」

「愛しています、カスミ」

わたしたちは、そっと口づけをした。

その後凱旋《がいせん》したわたしたちは、王都に家を買った。

そして、二人のメイドさんを雇い、そこに夫婦として住むことになる――

エピローグ

その日は、朝からバタバタと動き回っていた。

「奥様、落ち着いてください」

「いくら、トーニ様から新たな発明品を頂けるとはいえ、はしたのうございます」

眉をひそめたメイドのメリーとアンリから、注意される。

「ご、ごめんなさい」

「謝らずとも良いのです。ただ、気をつけてくだされば」

「は、はい」

年かさの二人にしてみれば、わたしは娘のような存在らしい。

ライルの買った家に夫婦として住みはじめてから二年。わたしが二人に勝てたことはない。

「奥様の発想力は我が国の誇りです。ですが、ライル様の奥方としてもう少し落ち着きを」

「はい、わかりました！」

「あっ、奥様！」

二人の説教は長い。わたしは無理やり切り上げ、庭へと逃げ込んだ。

「はー、逃げ切った」

季節の花が咲き誇る花壇を眺めて、わたしは息をはく。ライルと結婚して過ごしたこの二年間の異世界での生活は、それなりに充実している。庭では、クピが蝶を追いかけ回していた。平和な光景だ。

「……発想力かぁ」

実はわたしは、トーニに協力して魔法道具作りに挑戦しているのだ。

わたしの当たり前は、トーニにとっての驚きらしい。

懐中電灯とか街灯など、この二年で色んなものができた。生活が楽になったと、国民からも好評だ。まあ、わたしの名前は伏せているけどね。知っているのは、トーニとライル。そしてメリーとアンリぐらいだ。あ、女王様も知っている。

それでもって、わたしは貴重な魔獣使いとしてもトーニに協力している。

そっちは主に、通訳をしているだけなんだけど。トーニ曰《いわ》く、研究は格段に進んだとのこと。わたし以外にも魔獣使いはいるのだけど、彼らは、自分たちが契約した魔法動物としか会話ができないと言う。

そんなわけで、わたしがすべての魔法動物と話せるのは、とても不思議なことなのだ。

トーニに言わせると、「カスミが異世界の人間だからじゃね？　俺は、研究が進むならどうでも良いよ」とのこと。割といい加減である。

まあ、そうやって日々は過ぎていき――

それで、今日！

あるものが完成したと、トーニから連絡があったのだ。

その名も、冷蔵庫！

そう！　冷蔵庫ができたのだ。これで、夏場の食品の傷《いた》みとはお別れだ。これまで、けっこう大変だったんだよね。

……と、外が騒がしい。冷蔵庫が届いたに違いない！

「冷蔵庫、来た⁉」

屋敷に戻りメリーに聞けば、頷いた。

「今、調理場に運ばせております」

「やった！」

わたしはすぐさま走り出す。ドレスの裾捌《すそさば》きは、もう慣れた！

「あっ、奥様！　ですから、お淑《しと》やかに！」

「はーい！」

返事をしつつも、走るのはやめない。またお説教だろうけど、今は構っていられない。だって冷蔵庫だよ、冷蔵庫！

わたしが調理場に入ると、運んできた人の姿はもうなかった。

「お礼ぐらい言いたかったのになぁ」

そう言いつつも、視線は新しく運びこまれたそれへ向かう。

冷蔵庫は、わたしの体半分ぐらいの大きさで、台に乗せられていた。小さいけど、今はこれで充分だ。

「さー、どうなってるかなー。冷蔵庫、冷蔵庫」

木でできた扉に手をかけ、開け放つ。すると、なかから涼しい風が。

て、あれ？　もう中身が入ってる。しかも、懐かしい日本語が記されたものが……

「え……？」

戸惑っていると、冷蔵庫の奥が開いた。既視感。物凄《すご》い既視感がする。

そして、ぶつかる視線。

わたしは両目を見開いた。

「香澄……？」

「お、お母さん……？」

そう、冷蔵庫の向こうに、お母さんがいたのだ。お母さんの後ろには、懐かしい我が家の内装が見える。

お母さんが、泣きそうに顔を歪《ゆが》めた。

「久しぶりね、香澄。元気そうで良かったわ」

「お母さんこそ」

わたしも泣き笑いになる。

「お母さん、日本に戻ってたんだね。お帰りなさい」

「ただいま、香澄」

本当に、日本だ……、お母さんだ！

「お母さん、ちょっと老けた？」

「あんたは変わらないわね」

「そうかな。わたしもう十九歳だよ」

「ほら、そういうところが子どもなのよ」

と言い合いをしたけれど、視界がゆらゆらゆれる。うれしくて泣きそうだった。

泣き笑いのまま、わたしたちは笑い合った。

「お母さんの筑前煮《ちくぜんに》、また食べたいな」

「ふふ、いつでも作ってあげるわよ」

冷蔵庫は、再び絆《きずな》を繋《つな》いだのだ。


ライルが帰宅して、わたしはさっそくお母さんとお父さんにライルを紹介した。

最初は三人ともぎこちなかったけど、少しずつ打ち解けていった。

「ライルくん、君、酒はいける口かね？」

「は、はい。あの、お義父《とう》さん」

「お義父《とう》さん、お義父《とう》さんか……」

冷蔵庫の向こうで、お父さんが何やら感動している。それを見て、わたしとお母さんは笑ってしまった。今度二人で、冷蔵庫越しに晩酌《ばんしゃく》をするらしい。

「日本のつまみ、ライルさんの口に合うかしら？」

「うん。ライル、日本の食べ物好きだからね」

ライルは、「私が食いしん坊みたいな言い方やめてください」と、憮然《ぶぜん》としていたけれど。

わたしは、またお母さんの手料理を食べられるのが嬉しくて仕方ない。

ふふ、お父さん、お母さん。また、たくさんお話しようね！


その日の夜。夫婦の寝室で、隣り合って寝転んでいた。

クピはいない。クピには、専用の部屋で寝てもらっているのだ。

「お二人にカスミの夫として、認められて良かったです」

「うん、本当に良かったよ」

「ご両親に会えて良かったですね、カスミ」

「へへ」

せっかく冷蔵庫を作ってくれたトーニには悪いけど。あれはお母さん、それにお父さん専用にしよう。冷蔵庫はまた別に作ってもらおうっと。

「カスミが幸せなのは、私も嬉しいですよ」

「ありがとう、ライル」

ライルは身を起こすと、わたしに顔を近づけた。応《こた》えるように、わたしは目を閉じる。

「愛しています、カスミ」

唇に落とされた温もりに、幸福でいっぱいになる。
「わたしも、愛してる」
深くなる口づけに、わたしはライルに抱きつくことで応《こた》えた。
幸せだ。
わたし、ライルと一緒にいられて本当に幸せだよ。
お母さん、お父さん。
香澄は、異世界で幸せなお嫁さんになったからね。

新＊感＊覚　ファンタジー！

レジーナブックス
Regina

レジーナブックス Regina

**異世界で
赤ちゃん竜に転生!?**

竜転だお！1～3

文月《ふみつき》ゆうり
イラスト：十五日

前世で日本人だった記憶はあるものの、今の世界ではピンクの子竜となっている主人公。国を守る“騎竜《きりゅう》”候補として、人間にお世話されつつ元気に過ごしていた。仲間たちとたわむれながらの、ぬくぬくした生活は快適だったけれど……まさかの、誘拐事件!?　突然攫《さら》われた、キュートな子竜の運命は？　見知らぬファンタジー世界で、赤ちゃん竜が大・冒・険！

詳しくは公式サイトにてご確認ください。
http://www.regina-books.com/

携帯サイトはこちらから！

新感覚ファンタジー
RB レジーナ文庫

異世界で、赤子サマ大活躍!?

レジーナブックス Regina

これは余が余の為に頑張る物語である 1〜4

文月《ふみつき》ゆうり イラスト：Shabon
価格：本体640円＋税

気付いたら異世界にいた、“余”ことリリアンナ。日本人だった前世の記憶はあるけれど、赤子の身ではしゃべることも動くこともできない。それでもなんとか、かわいい精霊たちとお友達になり日々楽しく遊んでいたのだけれど……。キュートな成長ファンタジー！文庫だけの書き下ろし番外編も収録！

詳しくは公式サイトにてご確認ください
http://www.regina-books.com/
携帯サイトはこちらから！

新＊感＊覚ファンタジー！

レジーナブックス Regina

**ヒーローは
野獣な団長様！**

私は言祝《ことほぎ》の神子らしい 1～2

矢島《やしま》 汐《うしお》
イラスト：和虎

突然異世界トリップしたと思ったら、悪者に監禁されてしまった奏宮《かなみや》巴《ともえ》。願いを叶えるという“言祝《ことほぎ》の力”を持つ彼女は、それを悪用されることに。「お願い、私を助けて」と祈り続けていたら、助けに来てくれたのは、何と超絶男前の騎士団長！　しかも、巴に惚れたとプロポーズまでされてしまう。驚きつつも、彼に一目惚れした巴は、喜んでその申し出を受けることにしたけれど――!?

詳しくは公式サイトにてご確認ください。
http://www.regina-books.com/
携帯サイトはこちらから！

新＊感＊覚　ファンタジー！

レジーナブックス
Regina

レジーナブックス
Regina

**退屈王子の日常に
波乱の予感!?**

*自称悪役令嬢な
婚約者の観察記録。
1〜2*

しき

イラスト：八美☆わん

平和で刺激のない日々を送る、王太子のセシル。そんなある日、侯爵令嬢バーティアと婚約したところ、突然おかしなことを言われてしまう。「セシル殿下！　私は悪役令嬢ですの!!」。バーティアによれば、ここは『乙女ゲーム』の世界で、彼女はセシルとヒロインの仲を引き裂く悪役なのだという。一流の悪の華を目指して突っ走る彼女は、セシルの周囲で次々と騒動を巻き起こし――？

詳しくは公式サイトにてご確認ください。

http://www.regina-books.com/

携帯サイトはこちらから！

新＊感＊覚 ファンタジー！

レジーナブックス Regina

レジーナブックス Regina

一生かごの鳥なんて
お断り！

皇太子の愛妾は城を出る

小鳥遊《たかなし》 郁《かおる》
イラスト：仁藤あかね

二年前、皇太子の愛妾になった男爵令嬢カスリーン。以来、彼女は侍女たちにいじめられ続けている。そんな彼女の心を支えたのは、幼い頃から夢で会っていた青年ダリー。彼の言葉を胸に、前向きに暮らしていたのだけれど……ある日、皇太子が正妃を迎えると言い出し、カスリーンは彼との別れを決意！　こっそり城を出て旅をはじめたところ、次々とトラブルに巻き込まれて――？

詳しくは公式サイトにてご確認ください。

http://www.regina-books.com/

携帯サイトはこちらから！

新＊感＊覚ファンタジー！

レジーナブックス Regina

レジーナブックス Regina

魔法のペンで
異世界を満喫!?

錬金術師も楽じゃない？

黒辺《くろべ》あゆみ
イラスト：はたけみち

日本でのんきに過ごしていたフリーターの花。そんな彼女はある日、乗っていた自転車ごと異世界の草原に放り出されてしまう。その犯人である神によれば、異世界生活開始にあたり、描いたものが実体化するペンをサービスするとのこと……しかし、壊滅的に絵が下手くそな花に、こんなサービスはありがた迷惑！　しかも、この力を怪しい勇者たちに狙われて——!?

詳しくは公式サイトにてご確認ください。
http://www.regina-books.com/

携帯サイトはこちらから！

待望のコミカライズ!

蓮《れん》は本を愛する書店員。ある日、職場にあった本を開くと、異世界に連れて行かれてしまった！　どうやら、元の世界に帰るには、この世界と「縁」を結ぶ必要があるらしい。まずはできることをしようと決めた蓮に、この世界にはない「本屋」を作ってほしいという依頼が舞い込んで――?

＊B6判　＊定価：本体680円＋税　＊ISBN978-4-434-23559-7

アルファポリス 漫画　検索

待望のコミカライズ!

ある日、美大生のカズハは、マンホールの穴に落ち、なぜかそのまま異世界トリップしてしまった。大混乱の彼女を保護してくれたのは、王立辺境警備隊の隊長・アルベリック。彼からもう元の世界には帰れないと知らされたカズハは、この世界で生計を立てるべく、にがお絵屋をオープン！　しかし、描いた絵がいきなり動き始めて——!?

＊B6判　＊定価：本体680円＋税　＊ISBN978-4-434-23557-3

アルファポリス 漫画　検索

待望のコミカライズ!

裕福な商人の一人娘であるリッカの家に、無愛想な少年・ジルトが引き取られてきた。義弟《おとうと》となったジルトに話しかけてみると目の前にポップアップ画面が出現! それと同時に蘇《よみがえ》る前世の記憶——。私、乙女ゲームの世界に転生しちゃったみたい! しかも、画面によるとジルトの好感度はなんとマイナス30で……!?

アルファポリス 漫画 検索

＊B6判 ＊定価：本体680円＋税 ＊ISBN 978-4-434-23458-3

ファンタジー小説「レジーナブックス」の人気作を漫画化！

Regina COMICS
レジーナコミックス

異世界で愛娘（6歳）ができちゃった!?

メイドから母になりました ①

漫画：月本飛鳥　原作：夕月星夜

B6判　定価：680円＋税
ISBN978-4-434-22981-7

転生腐女子、異世界を革命!!

ダィテス領攻防記 ①

漫画：狩野アユミ　原作：牧原のどか

B6判　定価：680円＋税
ISBN978-4-434-23211-4

文月ゆうり（ふみつきゆうり）
愛知県在住。2012年からWeb上で作品を公開。2013年「これは余が余の為に頑張る物語である」にて出版デビューに至る。
好きなものは、漫画と小説とゲーム。

イラスト：黒野ユウ

異《い》世《せ》界《かい》冷《れい》蔵《ぞう》庫《こ》

文月ゆうり（ふみつきゆうり）

2017年 9月 5日初版発行

編集－城間順子・羽藤瞳
編集長－塙綾子
発行者－梶本雄介
発行所－株式会社アルファポリス
〒150-6005 東京都渋谷区恵比寿4-20-3 恵比寿ｶﾞｰﾃﾞﾝﾌﾟﾚｲｽﾀﾜｰ5F
TEL 03-6277-1601（営業） 03-6277-1602（編集）
URL http://www.alphapolis.co.jp/
発売元－株式会社星雲社
〒112-0005東京都文京区水道1-3-30
TEL 03-3868-3275
装丁・本文イラスト－黒野ユウ
装丁デザイン－ansyyqdesign
印刷－大日本印刷株式会社

価格はカバーに表示されてあります。
落丁乱丁の場合はアルファポリスまでご連絡ください。
送料は小社負担でお取り替えします。
©Yuuri Fumitsuki 2017.Printed in Japan
ISBN978-4-434-23699-0 C0093